책에 나를 바치다

책을 통해 변화하는 나, 글을 쓰며 성장하는 우리

책·바·침 지음

도서출판 행복에너지

책에 나를 바치다

초판 1쇄 발행 2020년 6월 25일

지 은 이 책·바·침
발 행 인 권선복
편 집 권보송
디 자 인 서보미
전 자 책 서보미
발 행 처 도서출판 행복에너지
출판등록 제315-2011-000035호
주 소 (07679) 서울특별시 강서구 화곡로 232
전 화 0505-613-6133
팩 스 0303-0799-1560
홈페이지 www.happybook.or.kr
이 메 일 ksbdata@daum.net

값 16,000원
ISBN 979-11-5602-815-4 (03810)

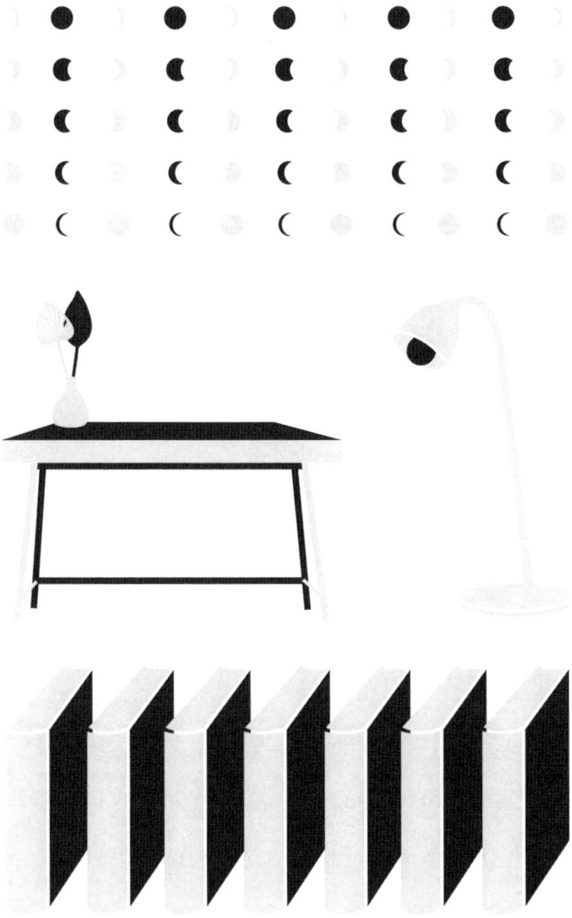

책을 통해 변화하는 나, 글을 쓰며 성장하는 우리

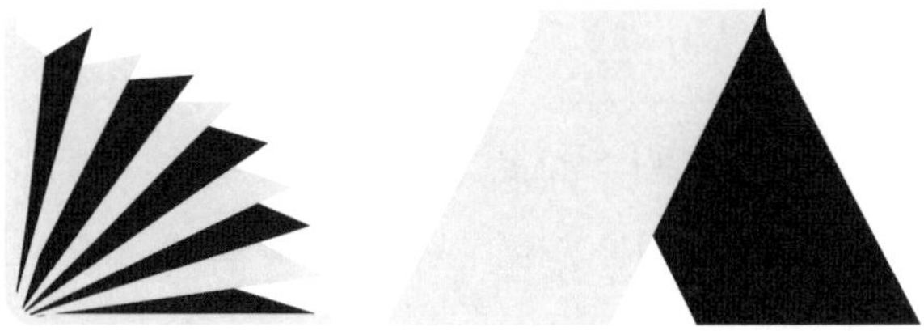

책·바·침 지음

도서
출판 행복에너지

나의 변화는 책 덕분이었다 오현옥

넘어지면 누군가의 손을 잡아야만 일어날 수 있다고 의지했던 과거의 모습은 사라졌다. 다른 사람의 말에 휘둘리지 않고 진정한 나의 모습으로 살아가는 엄마이자 꿈 작가로서의 제2의 인생을 꿈꾼다.

이제는, 나답게 살자 여동호

나는 나일뿐, 그 누구도 될 수 없다. 흉내만 내면 내 안의 조각품은 모조품이 될 뿐이다. 흉내만 내는 글을 쓰다, 이젠 손때 묻은 나의 글을 쓰려고 한다. 내 방식대로.

독서가 필요해

김혜중

50대에 들어서며 나의 소망을 '성장'이라고 정했다. 성공을 바라보기엔 숨이 가쁘다는 느낌도 커서였겠지만, 이미 지나간 인생에서 이루어 놓은 게 없었기 때문이다. 자가발전 할 수 있는 게 무엇일까 하고 고민하던 종착점에서 찾은 결론이 책이었고 독서 모임이었다. 독서는 어떤 모습으로 나를 이끌고 성장시킬지 따라가 보련다.

나약한 나도 무엇이든 도전할 수 있다

우기숙

난 항상 혼자이고 할 수 없는 게 많은 사람이라고 생각했다. 독서 모임을 하면서 많은 책을 접하고 내가 할 수 있는 일, 내 주위 사람들을 둘러보게 된다. 나같이 어려움을 겪는 분들을 보면 조금이나마 도움(정보)을 주려고 노력을 한다.

지금 행복하자

이어은

마흔에 책이라곤 안 읽던 내가 독서 모임을 시작했고 독서 모임을 하다 보니 좋아하는 것을 하면서 살고 싶어졌다. 행복하고 즐겁게 살고 싶어 '어은쓰 TV'란 이름으로 유튜브까지 시작하게 됐다.
난 요즘 신세계에 빠져 있다.

서툴러도 괜찮아 이유정

30살이 넘으면 단단하고 지혜로운 여자가 되어 있을 줄 알았다. 하지만 34살의 난 여전히 삶 속에서 쉽게 좌절하고 흔들린다. 뒤늦게 독서를 통해 서툴러도 조금씩 성장하고 있는 자신을 발견한다. 오늘도 어제보다 성장할 나에게 응원과 격려를 보낸다.

독서로 제2의 인생을 살다 김진수

32살 때부터 독서를 하고, 36살 때부터 글을 쓰고, 37살 때부터 책을 썼다. 이제 독서 나이 10살, 글쓰기 나이 6살, 책 쓰기 나이 5살이 되어 보니 삶이란 것이 어떤 것인지 조금은 알게 되었다. 책에 나를 바쳐본 사람은 안다. 책이 나에게 주는 놀라운 힘을 말이다.

사람은 무엇으로 변하는가? 임은희

별 의미도 없이 반복되는 따분한 나날에, 독서는 차츰 나의 삶을 즐기는 법을 가르쳐 주었다. 나 자신의 삶을 소중히 여길 줄 아는, 이미 전과는 다른 사람이 되어 있는 나!

Dream teller

정해광

현재 취미로 통기타를 치는 40대 직장인이다. 대학 1학년 때 취미로 통기타 동아리에 들어갔던 인연이 아직 이어지고 있다. 독서와 글쓰기도 이제 시작이다. 시작은 했으니 반은 한 셈이다. 통기타 치며 노래하는 독서&글 쓰는 사람이 되고 싶다.

누구나 글을 쓰는 시대에 살고 있다

누구나 글을 쓰는 시대에 살고 있다. 어떻게 하면 잘 쓸 수 있을까 궁금해하는 사람이 늘어난다. 인기 작가는 물론이고 글 좀 꽤 써 봤다는 사람들에게서 글쓰기 코칭을 받으려는 움직임이 온라인 강의부터 오프라인 강의까지 확산되고 있다. 하지만 글을 잘 쓰고 빨리 쓰는 비밀스러운 비법은 의외로 특별하지 않았다. '기본기와 겸손'을 갖추었다면 자신만이 가진 언어로 쓸 수 있다. 이것이 잘 쓰고 빨리 쓰는 비결이다.

목적지만 생각하고 큰 숲만 보려 하는 사람이 있다. 나 역시 그래왔다. 자신의 위치와 한계는 전혀 고려하지 않았다. 이것은 초보 운전자가 한 손으로 후진을 멋들어지게 하려는 과욕에 지나지 않았다. 매일 읽고 기록하며 기본을 다지는 일은 건너뛰고 감동 있는 글을 바로 써 내려가길 원하기만 했다. "어떻게 쓸 수 있어요? 어떤 책을 읽어야 잘 쓸 수 있어요?" 마음은 내실을 키워야 한다면서 머리엔 그저 빨리 가려는 욕심만 있었다.

처음 김진수 선생님께 공저 제안을 들었을 때 우리가 작업을 함께한다는 사실에 흥분되었다. 2년 동안 독서 모임을 같이하면서 서로가 다른 목적과 이유로 찾아온 책바침(책에 나를 바치다)에서 어떤 이야기들이 채워질까 설레었다.

설렘만 있었다면 사실 거짓말이고 약간은 잘 쓸 수 있을까 걱정도 되었다. 독서 모임에 지정된 도서를 다 읽고 나오지 못하는 분들도 있어서 읽는 것이 습관화돼 있지 않은 분들이 쓰는 건 잘 해낼 수 있을까 하는 의심이 있었는데 인원이 구성되고 밴드에 하나씩 글이 올라올 때마다 경솔했던 나를 질책하게 됐다. 예상과는 달리 그동안 표현하지 못한 생각과 내가 알지 못한 그들의 내면이 너무 잘 보이는 것이다.

이미 내공이 상당한 선생님에서부터 소설가가 꿈이었는데 이번을 기회로 삼아 소원을 이루게 되었다는 분도 있었다. 한글 파일로 작업해 본 적이 없는 분은 종이에 온 마음을 다해 꾹꾹 적어 와서 대신 한글로 옮겨 드리기도 했다. 한 달에 한 번 쉬는 날에는 아무것도 하지 않고 잠만 잤으면 좋겠다던 선생님은 자신을 위해 소묘를 배우고 스피치 훈련을 통해 그동안 표현하지 못한 마음을 전달하는 법을 배우셨다. 이런 열정을 가진 분들의 스토리는 모두 가치가 있고 아주 소중하다. 이 책은 그런 의미에서 가장 가치 있는 책이 될 것이다.

처음 독서프로젝트에서 김진수 선생님을 만나지 않았더라면 어떤 사람을 옆에 두고 어떤 목표를 두고 살고 있을지 상상이 안 된다. 시작은 미약하였으나 끝은 창대하리라는 말이 우리를 두고 한 말이 아닐까 한다.

한 달에 한 번 있는 독서 모임을 손꼽아 기다리며 월급 없는 직장처럼 생각하는 '책바침'에서 2년 동안 함께할 수 있음이 감사하고 나를 믿고 응원을 아끼지 않으며 모임의 중심을 잡아 주신 김진수 선생님께 이런 글을 쓸 수 있게 기회를 주어 감사하다. 오래전부터 공들여 작업한 우리의 글이 한 권의 책이 되기까지 책바침 회원 모든 분과 함께한 시간을 소중히 간직하려고 한다.

책·바·침 총무

오현옥

목 차

Dream teller

|

정해광

9.

1

나의 변화는 책 덕분이었다

오현옥

꿈이 있는 엄마

최근 아이와 어울리는 친구들의 모습이 못마땅해 보여 혹여 아이가 잘못될까 봐 간섭 아닌 간섭을 했다. 이제 겨우 초등학교 4학년인데 짧은 반바지 차림에 미세먼지 없는 화창한 날씨에도 아이돌 흉내라도 내듯 검은색 마스크를 턱에 걸친 모습이나 초등학생이라고 믿기 어려울 만한 옷차림으로 한껏 멋을 부리는 친구를 사귀게 된 것이다. 친해진 뒤에는 카카오톡(SNS)으로 시답잖은(?) 얘기들을 주고받기 시작하더니 여자 셋이 모이면 접시가 깨지듯 이야기 하는 게 여자아이들도 어른들처럼 똑같았다.

딸의 핸드폰을 보다가 아이들끼리 오해가 생겨 딸아이가 카카오톡으로 공격받게 된 걸 목격했다. 엄마로서 가만히 있으면 안 되겠다는 생각에 상대 아이에게 어른으로서 한마디 했는데 그 일로 딸아이의 친구들이 나를 눈치 보고 경계하며 딸아이하고까지 사이가 멀어지게 된 것이다. 그 후로 내 딸은 의도치 않게 혼자가 되었고 그런 아이의 모습을 뒤에서 지켜만 봐야 하는 내 마음이 너무 아팠다. 어른의 시선으로 바라보고 얘기한 것들이 아이들에겐 상처가 된다는 것을 알았을 땐 이미 되돌릴 수 없는 시간이 되어 버렸다. 딸도 힘든 시간을 버티고 있었고 안쓰러운 딸을 보려니 미안해서 사과했다. "엄마가 충분히 믿어 주고 기다려 주어도 될 일이었는데 성급하게 개입해서 너를 더 곤란하게 한 점 미안해."라고….

아이는 이 말을 듣자마자 고개를 푹 숙이고는 울기 시작했다. "엄마가 그런 생각하게 만들어서 내가 미안해요." 엄마로서, 어른으로서 부끄러운 행동을 한 것에 대해 사과했는데 어른다운 말로 엄마를 위로하는 말을 들으니 눈물이 터져 버려 끌어안고 함께 울었다.

엄마는 무슨 일이든 해결사여야 한다는 강박에 사로잡혀 내 딸이 조금이라도 힘들어한다고 생각되면 바로 나섰던 내 경솔함이 아이가 스스로 판단해서 행동할 수 있는 시간을 주지 못한 것이 문제였다. 또래 아이들과의 작은 마찰에도 스스로 버틸 힘을 키울 만한 씨앗을 뿌려 주지 못했다. 믿는 만큼 자란다는 수없이 들었던 말을 뒤로한 채 헬리콥터 맘처럼 주위를 맴돌며 안절부절못하는 엄마이다.

끊임없이 아이에 대해 고민하고 불안해서 좌불안석으로 담임 선생님께 상담 아닌 상담을 자주 하게 되었는데 불안해하는 엄마를 오히려 더 걱정하셨다. 아이가 친구들에게서 무시당할까 봐 걱정하는 마음이 혹시 어머님이 아이를 무시하고 있으신 건 아닌지 걱정된다고까지 말씀하셨다. 그 말을 듣는 순간 숨이 멎을 만큼 심장을 얻어맞은 듯했다. 걱정과 관심이라는 단어로 포장한 나의 빗나간 사랑을 비꼬기라도 하듯 들렸지만 침착하게 듣고 있었다. 그리고는 주책없이 흐르는 눈물과 함께 떨리는 목소리를 숨길 수 없었다.

첫째 아이인 만큼 엄마도 항상 모든 게 처음이라 서툴고 실수를 한다. 인생을 먼저 살았다고 인생선배가 아니고 아이를 낳았다고 다 똑같은 엄마는 아니다. 그 서투름을 들켰을 땐 '그럴 수도 있지'보다는 '아, 창피해'가 먼저 떠오르는 서툰 엄마였다. 가족이나 가까운 지인 찬스를 쓰는 것조차 거부하며 살던 때가 있었다. 거부보다는 스스로의 단절이라고 해야 맞는 표현이겠다. 그런 것도 모르냐는 지적을 받을 게 미리 두려워서다. 진정한 나로서 살아가는 시간도 없었고 그러다 보니 엄마로서 살아갈 힘도 생기지 않았다. 한마디로 자존감이 바닥이었다.

아이는 태어나서 기관지염으로 병원 입·퇴원을 반복했고 아이를 돌봐 줄 사람이 없어서 직장을 그만두었다. 경제적으로 여유롭지 못했고 매달 지원되는 휴직급여 70만 원을 기다리며 기저귀랑 분유값 걱정으로 살았다. 아이 이유식 만들 식자재를 살 때도 두 번 먹일 것을 한 번만 먹이고 소고기 대신 닭고기를 더 많이 먹였다. 아이를 잘 키우는 법을 배우려고 인터넷 카페에 올라온 질문과 댓글을 섭렵하며 육아를 시작했고 어느새 훌쩍 큰 아이를 바라보니 존재 자체로 바르게 크고 있는 아이를 믿지 못해 진짜 어른으로 성장하지 못한 내 모습이 보였다. 비로소 내가 바로 서야 아이도 바로 서겠다는 걸 깨닫고 나를 위한 책을 읽기 시작했다. 아이가 울면 같이 울었고 '어떻게, 어떻게' 하며 징징거린 내가 부끄러워졌다. 아이는 잘 키우고 싶은데 나의 내면 아이는 자라지 않은 채 그대로였다.

인생 멘토가 되어 준 김미경 강사는 새로운 삶의 변화를 시작하게 해 준 분이다. 지하 10층에서 올라오라고 손 내밀어 주었고 기꺼이 그 손을 잡아 한 계단씩 올라가고 있다. 가족이 모두 건강하길 바라고, 남편의 사업이 승승장구하길 누구나 바라고 원한다. 그런데 가족을 챙기는 역할도 있지만 우선 나도 성장해야 한다. 하지만 모든 엄마가 착각하고 있다. 나 자신은 제쳐두고 가족의 꿈을 이루는 것이 목표라고 생각한다. 여러 소망 중에 왜 나에 대한 것은 없는 것일까? 나는 무엇이 되고 무엇을 하고 싶은지에 대한 소망조차도 없는 것이 안타깝다. 김미경 강사는 말한다.

"꿈이란 근사하고 거창한 것만을 말하는 것이 아니다. 집 평수를 늘리는 것, 마트의 매니저가 되어 월급이 인상되는 것, 공인중개사 자격증을 따는 것, 매달 보험 실적을 하나씩 늘려 가는 것, 다른 사람들을 위해 봉사활동을 하는 것… 이런 사소해 보이고 현실적으로 보이는 것 모두 소중한 꿈이다."

결혼 10년 차 정도 되면 주부들이 모여 나누는 대화에 가장 많이 나오는 말이 있다. "내가 누구인지 잘 모르겠어!" 아마 잃어버린 것은 '나'가 아니라 '나의 꿈'일 것이다.

꿈이 없던 시간, 엄마로서 살아갈 힘을 얻지 못할 때는 할 수 있는 전부가 온통 아이를 바라만 보는 것뿐이었다. 일거수일투족을 감시하듯 작은 감정 하나하나 어루만져 줘야 상처받지 않을 거란 착각이 있었다. 어렸을 적에 그런 대우를 받아 보지 못했던 기억 때문인지 사람과의 관계를 예민하게 받아들이는 편이다. 좋은 형태는 아니라고 생각하지만 이런 내면 아이와의 이별을 아직 못 했다.

타인의 말에 흔들리지 않고 주도적인 삶의 변화를 위한 욕구가 강하게 올라왔다. 독서는 나뿐 아니라 아이도 함께 성장하는 발판이 되어 주었다. 늘 행복할 거라고 상상했다. 내 아이는 나와 다를 거라고 상상했다. 아이에게서 나를 발견할 때마다 괴롭고 불안했다. '나'를 잃어버리고 '나의 꿈'을 잃어버렸던 10년을 당장이라도 보상받고 싶지만 누가 뭐라 해도 내가 보낸 시간이다. 중심을 잃고 흔들리던 엄마인 오현옥과 꿈을 모르고 살았던 오현옥은 이제 없다. 내면 아이도 아이여서 안아 주면 긍정적으로 변할 거라는 마음을 갖게 되었다. 이런 성장의 시간을 갖게 됨에 감사하다.

"나는 어느 사람의 모조품이 아니다."라고 했던 또 다른 김미경 작가가 있다. 『성장하는 엄마 꿈이 있는 여자』란 책의 저자다. 우연히도 동명이인인데 독서를 본격적으로 시작하며 만났던 인생 멘토 중 한 분이다. 생각해보면 육아 10년 차가 되는 동안 오로지 나만을 위해 쓰인 시간은 없었다. 누구의 엄마지만 내 아이만의 한 사람이 되어 살지도 않았다. 끊임없이 비교했고 있는 그대로 믿어 주지 못했다. 나만의 철학이 없었기 때문이다. 흉내 내는 육아와 진짜 나는 없는 껍데기 인생을 산 것 같다. 다시는 과거에 머물지 않고 자기 인생의 지도자가 되는 삶을 살 것이다.

『꿈이 있는 아내는 늙지 않는다』는 책 제목처럼, 성장하는 엄마와 꿈이 있는 여자로 살아가는 제2의 인생을 설계하는 데 10년이 걸렸다. 당장 무엇이 되어 드라마틱한 삶을 살고 있지 않지만, 잠룡에서 깨어난 나로 사는 삶이 기대된다. 자녀는 부모의 뒷모습을 보며 자란다는 말이 있듯이 아이에게 1호 롤 모델이 되어주고 싶다. 오늘도 독서 노트 한편에 수줍게 적어 놓은 '사랑해요. 엄마'에 큰 감동을 한 엄마는 더 이상 꿈을 미룰 수 없는 존재 이유를 얻었다.

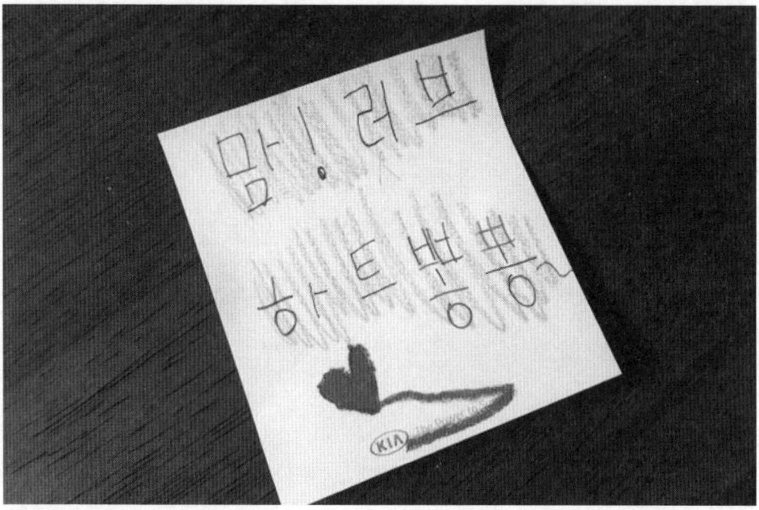

엄마가 작가 되는 것이 자랑스러워 독서노트에 수줍게 몰래 적어 준
둘째의 귀여운 사랑고백

내가 독서 모임을 하는 이유

허리가 휜다. 휘어
둘 다 자고 있으니 너무 좋은데
난 밥도 못 먹고 뭐냐…
이렇게 입맛이 없는데 아이 둘을 어떻게 키우나…

2012년 여름, 싸이월드에 매일 조금씩 끄적거리던 글이다. 행복하고 즐거운 일들은 없고 매 순간 힘들어 늘어놓은 불평 섞인 글로 가득하다. 이때를 생각하면 참 지질한 나였다.

처음 독서 모임이란 걸 하게 된 때는 큰아이 초등학교 1학년 때이다. 초등학교 첫 입학을 시키고 학부모란 이름으로 첫 출발을 하게 된 내게도 인생에서 큰 변화가 일어난 때이기도 하다. 학부모들과 친목 도모도 있어야 하고 아이들 친구 만들어 주는 일도 엄마 몫이라고 생각하여 소심한 나이지만 일단은 열정을 가지고 학교 봉사에 참여할 수 있는 일이라면 하려고 했다. 그러다가 '부키'라는 책 읽어 주는 어머니 봉사 동아리에 가입했고 매주 월요일 1교시 시작 전에 1~2학년 교실을 하나씩 맡아 들어가서 그림 동화책을 읽어 주는 일을 시작했다.

부키 선생님 활동을 하는 어머님 중 인근 도서관에서 10년째 독서모임을 한다는 엄마의 초대로 첫 독서모임에 발을 내딛게 되었다. 한 주는 그림 동화책, 한 주는 어른 책으로 나눔을 진행하는 방식이었다. 고전문학이나 역사 관련 도서도 읽고 소설류도 읽었던 것으로 기억하는데 당시에는 책에 대한 지식이 별로 없었고 기록에 대한 중요함도 잘 모르던 때라 읽은 책에 대한 느낌만 말하기도 벅찼던 때이다. 하지만 사람들과 소통하는 데 책이 중심에 있다는 것이 새롭고 지식이 쌓이는 생산 활동이 즐거웠다. 그렇게 1년 활동을 하고 이사를 하면서 자연스럽게 독서 활동이 중단하게 되었다.

이사 오자마자 내게 닥친 임신중절 수술(정확히 낙태 수술이었음)로 살아가는 데 의미를 잃고 무기력했다. 나 때문에 한 생명을 억지로 떼어 버린 데 대한 죄책감으로 사느라 책과 거리를 두고 살기를 1년 채 안 되었을 무렵 김미경 강사의 강연을 혼자 듣고 와서 정신을 차려 보니 내 옆에 두 아이와 남편이 이제야 보였다. 나의 부족함으로 하늘로 보낸 아이를 생각하느라 내 몸 돌보는 일은 뒷전이었고 아이들 마음 돌보는 일도 놓치고 있던 것이다.

전학 후에 학교 부적응으로 힘들어하는 아이를 데리고 미술 심리 상담을 받으러 센터에 갔다. 기질적으로 예민한 아이인 것은 알고 있었지만, 무엇보다 퇴행 현상이 있는 아이와 우울감이 아주 많은 엄마가 더 큰 문제였다. 그렇게 상담 선생님에게 1대1 코칭을 받을 것을 권유받았으나 김미경 강사의 강연 이후로 엄마 마음과 아이 마음을 치유하는 선택으로 책을 보기로 마음을 먹고 하나씩 실천하던 중이어서 과감하게 수업을 포기했다. 그리고 다시 책을 잡았다.

그 후로 '100일 동안 33권 읽기'라는 독서프로젝트에 참가하면서 책에 대한 내 생각이 완전히 바뀌는 신기한 경험을 하게 되었다. 평범한 직장인이 100권 읽기를 도전하고 3년 동안 1000권을 읽고 인생이 달라졌다고들 한다. '설마 진짜겠어?' 하는 의심이 들었지만, 어느 때보다 간절함이 컸던 나는 '나라고 못 하겠어?' 하는 마음으로 한 권 한 권 읽어 나가다 보니 1년 동안 80여 권이나 읽게 되는 쾌거를 이루었다. 독서프로젝트가 자연스럽게 독서 모임으로 이어져 지금까지 2년 넘게 활동하고 있다.

또한, 아이들이 다니는 학교에서 학부모 명예 사서 부회장을 맡게 되었다. 나의 능력과 상관없이 뽑아 주셔서 그저 감사할 따름이다. 덕분에 책과의 인연을 더 오래 할 수 있게 되었다. 독서 모임이 만들어 준 내 삶의 방향들이 어느 점까지 가게 될지 기대가 된다.

『도란도란 책모임』이란 책은 현직 교사이신 백화현 선생님께서 가정독서 모임을 시작으로 학교에 독서 동아리를 만들어 활발히 활동하는 이야기를 다룬 책이다. 교육에 있어서 독서가 매우 중요하다는 걸 강조하지만 실제로 가정이나 학교에서 독서와 교육이 얼마만큼 가깝게 이뤄지고 있는지 잘 모른다. 우리 집도 예외는 아니다. 내가 책을 읽는다고 해서 아이들에게 강제로 독서를 시킬 수 없는 일이었다. 억지로 읽게 하여 보상을 주는 행위는 염불에는 뜻이 없고 잿밥에만 마음이 있는 격으로 보상이 중심이 된 수단일 뿐이었다. 외면된 정서로 불안과 우울감을 느끼고 사는 요즘 청소년들을 선생님께서는 그냥 지나칠 수 없었다고 한다. 선생님의 자녀와 친구들을 몇 명 불러 가정에서 시작된 독서 모임은 학교로 이어졌고 아이들을 변화시켰다. 다음은 선생님께서 진행한 학교 독서 동아리 활동에서 아이들이 써낸 독서 모임 이야기이다.

"모임에서 내가 얻은 것이 뭐냐고 묻는다면 당연 1순위로 인연이다. 그리고 같이 책을 읽고 토론할 수 있는 친구가 있다는 게, 나는 전혀 생각도 할 수 없었던 측면의 말을 해 주는 친구가 있다는 게 얼마나 멋진 일인지 이 모임에서 배웠다."

아이들이 배움을 지겨워했던 것은 스스로 배움의 주체가 되지 못한 채 배움으로부터 소외당했기 때문이라는 선생님의 생각에 크게 동감한다. 교육의 흐름이 바뀌었다고 하지만 오로지 입시만을 겨냥한 교육 속에서 아이들이 진정으로 원하는 배움을 선택할 권리가 아쉽게도 아직 없다. 스스로 배움의 주체가 되는 독서야말로 자신의 진로를 결정하는 청소년들에게 나침반 역할이 될 것으로 생각한다.

이 친구의 글을 읽다가 처음 독서 모임을 시작하고 집에 돌아오면 그날의 이야기들이 머리에 꽉 차서 흥분된 마음이 가라앉지 않아 잠을 이루지 못했던 내 모습이 떠오른다. 그런 일상이 이어지니 매일 한 뼘씩 자라는 나를 스스로 칭찬해 주고 자랑스러워하며 저절로 자존감도 높아졌다. 아이들의 일상에 조금 더 시선이 가고 말 한마디도 놓치지 않으려고 천천히 듣고 생각을 담아 두게 되었다. 엄마가 책을 펼쳐 들면 옆에 와서 함께 책을 읽던 까막눈 둘째가 우리 집에서만큼은 이제 독서왕이다. 1학년을 입학해서도 반에서 책을 가장 많이 읽는 아이가 되었고 최근에는 앤서니 브라운(Anthony Brown) 그림책에 푹 빠져서 그림동화 작가가 되는 꿈도 생겼다.

독서모임을 하고 책을 가까이하며 변화된 것 중 하나는 감사한 마음을 갖게 되는 긍정의 효과다. 과거에는 불편한 감정이 생길 때마다 즉각 반응하여 상대의 마음을 아프게 하는 말을 서슴없이 내뱉었다면 지금은 달라졌다. 한 번쯤은 다시 생각해 보고 대화로 풀어 나가는 방향이 되었다. 간혹 안 되는 일도 있긴 하지만 스스로 만든 감옥에 갇혀 혼자 상상하고 판단하는 일은 이제 내 인생에는 없다. 내가 보지 못한 세상을 보여 주는 곳이 독서 모임이다. 선생님들을 통해 매일 배운다. 자신의 경험담을 통해 같은 책을 읽고도 다른 해석과 느낌으로 세상을 배워 나간다.

앞으로의 소망이 있다면 가정독서 모임을 시작으로 아이들과 학부모들에게 독서의 삶을 살게 해 준 백화현 선생님처럼 따라 해 보는 일이다. 책을 만나지 않았다면, 독서 모임을 시작하지 않았다면 나의 재능과 적성을 끝까지 찾지 못하고 사는 대로 살게 되는 하루 인생이 될 뻔했다.

독서 모임이 가져다준 내 꿈을 위해 오늘도 독서를 한다.

자기 인생의 리더가 되라

자존감과 자녀교육, 두 마리 토끼를 한 번에 잡을 방법은 없을까 고민했다. 부모라면 누구든 아이가 앞으로 살아갈 세상에서 내쳐지지 않기를 바라고 자신감 넘치는 리더로 자라길 기대한다. 거기에 자존감 또한 갖춰지는 것까지도 말이다. 자존감은 home-made여서 입시학원에서 배워 올 수 없는 것이다. 부모에게서 물려받고 부모가 키워 주는 것이 자존감이다.

나 홀로 육아를 전념하며 기댈 곳 없이 외로움을 달랠 때 펼쳐보던 자녀교육서도 완독하기 힘들던 내가 이틀에 한 권씩 읽기를 끝내고 필사까지 하면서 혼자만의 시간을 갖기 시작하니 이제야 스스로가 보이기 시작했다. 내가 잘할 수 있는 일을 하나 찾아냈다는 일이 뿌듯했다.

3년 전쯤 첫 독서 모임을 시작했을 때 회원 분들은 모두 독서 인생을 사는 분들이셨다. 인문학이나 고전문학 작품의 작가와 책을 섭렵하고 있을 때 나는 그저 책 제목만 들어 봤을까 말까 한 독서 신생아였다. 그들이 몹시 부러워서 어떻게 하면 그렇게 되는지 결과만 궁금했었다. 하지만 비결은 따로 없었다. 그저 묵묵히 읽고 마음에 담는 것뿐이었다. 그렇게 한 권씩 읽어 갈 때마다 마음은 한 뼘씩 자랐다. 지금처럼 집중 독서를 하지는 않았지만, 아이들에게 그림책을 읽어 주며 같이 웃었고 때로는 내가 위로를 받기도 했다.

그 당시 내가 할 수 있는 일이라곤 집안일과 육아인데 그마저도 대단하게 느껴지지 않았다. 개인 시간도 없이 아이들 돌보느라 고생이 많다는 위로 그 한마디면 충분했는데 그 말을 가장 듣고 싶었던 남편에겐 그런 여유가 없어 보였다. 내가 나를 가치 있는 사람이라고 생각하지 않으니 내 존재도 가치 있어 보이지 않았다.

내 인생은 내가 만드는 것이다. 스스로 판 무덤에 빠져서 세상과의 소통을 차단했고 세상의 빛은 나를 피하는 것처럼 보였다.

내가 평가해 볼 때 마음의 병이 깊다고 생각했다. 사소한 일에 쉽게 짜증을 내고 아이들의 작은 실수에도 큰 소리로 지적했다. 이런 환경에 노출된 아이에게 영향이 가는 걸 보게 되자 시간을 되돌리고 싶을 뿐이었다. 아이는 나의 말투와 표정에 예민하게 반응했고 유치원을 다닐 때도, 학교에 입학해서도 친구들과의 상호관계에 조금씩 문제가 생기기 시작했다. 아이의 문제라고만 생각했는데 사실 나의 문제였다. 친구들한테 끌려다니는 것 같아 걱정했고 리더로 성장하길 바랐는데 우울감이 있는 엄마에게서 자란 자녀를 리더로 키우기란 쉽지 않았다.

앞만 보며 살아야 하는 줄 알았다. 성공한 사람들의 현재 모습만을 닮으려고 애썼다. 자존감 회복을 위해 노력하는 중에 나를 되돌아보는 시간을 가져보니 마음이 불안했고 자기검열이 과했다. '해도 될까?', '이게 맞나?', '저게 맞나?' 식으로 재는 시간이 늘어나고 결정되는 건 하나도 없었다.

"인생은 알 수 없다.

중요한 건 그때마다 나를 받아들이는 일이다.

추락하고 모두가 외면하는 내 모습을 있는 그대로 받아들여야 한다.

못난 모습도 잘난 모습도 모두 소중한 내 모습이니까.

그리고 아픈 나를 위로해 줘야 한다.

(생략)

세상의 평가보다 중요한 건

내가 내게 박수를 받는 일이다.

세상이 나를 비난할수록

힘들지만 잘 견뎠다고 나를 칭찬하라."

김종원 작가의 『생각 공부의 힘』을 처음 읽었을 당시 슬픈 비련의 주인공 이야기도 아닌데 읽다 말고 눈물이 나서 책을 덮었던 기억이 있다. 마치 그동안 나를 들여다보고 있던 것처럼 작가님의 글을 한 줄 한 줄 읽다 보니 "괜찮아, 그동안 잘 살아왔어. 힘내!"라고 토닥여 주는 것 같았다. 언제쯤이면 아팠던 기억도 웃으며 말할 수 있을까 마음으로 울기만 하던 나는 엄마 뱃속에서 나와 첫울음을 터뜨리는 아기처럼 울음이 터져 버렸다. 못나 보이고 아픈 나를 받아들이지 못하고 살았다. 나를 부정하고 살며 부모를 원망하고 살았다. 세상이 정한 기준에 나를 맞추며 살아가느라 힘든 영혼들에게 이 책을 꼭 추천하고 싶을 정도이다.

책을 통해 답을 찾고 행함으로써 진짜 나로 살아가는 시간이 시작되었다. 부모가 되어 자녀에게는 리더로 자라게끔 역량을 키워 주기 위해 노력하다 보니 정작 나로 살아갈 시간을 버리고 살았다. 믿는 만큼 자라는 게 아이인데 자신을 믿지 못한 삶을 살아가는 부모와 어른에게서 아이들은 어떻게 자라날 수 있을까.

그림책 『너는 특별하단다』에서 실수할 때마다 붙여지는 색깔 점들을 보며 다른 누군가와 자신을 비교하고 자책하면서 살았던 펀치넬로에게 아저씨는 "너는 너 자체로 소중하고 특별함을 가졌다"라고 해 준다. 김종원 작가의 말처럼 세상이 비난할수록 잘 견뎌 낸 나를 칭찬하고 김미경 강사님처럼 자기 인생의 리더가 되라는 말과 일맥상통한다.

남이 나를 거절할 수는 있어도 내가 나를 거절해선 안 된다. 남이 나를 보고 어떻게 생각하느냐는 중요하지 않다. 『매일 아침 써 봤니』의 저자 김민식 피디는 이렇게 말한다. '들이대고, 상처받지 말고, 올인 하라.' 故 정주영 회장의 이미 유명한 말도 있지 않나. '해 보기는 해 봤나?' 일단 시작했으면 거절당해도 상처받지 말고 그 길이 맞다 싶으면 끝까지 해 보는 용기를 가져야 한다. 해 보고 안 되는 것일지라도, 해 보기도 전에 안 된다고 판단하는 건 금물이다.

책을 통해 나를 치유한다는 말이 현실로 이루어질까에 대해 의문을 가졌다. 그냥 사람들이 많이 쓰는 말이니까 하는 말이겠지 했다. 책에 나오는 말이니 인용해서 하는 말이겠지 했다. 하지만 그 이상의 선물을 매일 받고 있다. 치유란 것이 내게 도착했고 성공보다 성장하는 삶을 살고 있다. 읽다 보니 쓰게 되었고 쓰다 보니 이렇게 책도 쓰게 되었다. 내 마음의 진짜 주인공이 되어 사는 지금이 감사하고 행복하다.

어색한 만남으로 출발한 독서 모임에서 다양한 직업군을 만나고 같은 전업주부로서 애환도 나누며 1년 6개월을 함께했다. 자녀의 고민을 나누고 남편도 함께 독서를 하기 바라는 마음을 이야기하며 서로의 일상을 관심 가져 주었다. 함께 헌책방을 들락거리며 책을 추천하고 밥을 먹으며 각자의 시간을 한데 모아 가치 있는 시간을 만들어 갔다. 독서 모임에서 만난 분들의 삶의 형태는 다르지만 놓치고 싶지 않은 저마다의 인생을 더욱 가치 있게 하기 위해 자신의 재능을 남들에게 기부하는 일도 한다. 생각이 말이 되고 말이 행동이 되는 주체적인 삶을 살아가는 이들을 만나지 않았더라면 앞을 알 수 없는 인생에서 중요한 순간마다 나를 받아들이지 못하고 아픈 나를 위로하지 못하는 삶을 살고 있을 것이다. 모두가 자기 인생의 리더가 되는 삶을 살기 바란다.

더는 미안한 엄마가 되지 않을게

장마와 함께 시작된 여름방학이다. 두 아이를 학원에 보내려고 준비하던 중 우산을 챙겨 나가다가 일이 터지고 말았다.

"엄마, 난, 이 우산 불편해서 별로예요."

"아, 그래? 고장 났어?"

"아니 그게 아니라 자동우산이 아니어서요."

"응? 무슨 말이지. 이 우산 누르면 자동으로 펴지고 접을 땐 당기면 되는 건데."

그러자 아이는 고개를 살짝 숙이더니 이내 표정이 어두워졌다. 뭔가 하고 싶은 말은 따로 있는데 엄마 눈치를 보고 있다. 나와 아이 사이에서 자주 있는 일이다. 그럴 때면 '내가 너무 엄하고 차갑게 말을 한 걸까. 얘는 또 시작이네' 식의 생각이 먼저 떠올라서 괴로워진다. 어떻게 이 순간을 현명하게 헤쳐 나가야 좋을지 머리를 굴려 보지만 적절한 대안이 안 떠오른다. 그리고 다시 아이한테 물어보았다.

"그럼 어떻게 하고 싶어 그러니?"

최대한 따지지 않는 말투로 말하려고 애썼다. 아이는 말이 없다. 시선을 최대한 피하고 말을 아끼는 아이의 모습에서 슬슬 화가 나려고 한다. 이런 갈등 상황이 오면 유연하게 대처하기가 아직도 힘든 엄마다.

같이 학원 가려고 준비하고 신발장에서 자기 우산을 챙겨 든 둘째와 눈이 마주쳤다. 혼자 학원에 갈 수 있겠냐고 물어보니 갈 수 있다고 한다. 둘째는 초등학교 1학년인데 이런 일로 언니와 엄마가 신경전을 벌이고 있으면 눈치가 80단쯤은 되는 아이라 우리를 뒤로한 채 담담하게 현관을 나선다. 남겨진 우리 둘의 2라운드는 지금부터 시작이다. 계속되는 엄마의 질문에 아이는 울음이 터져 버리고 하려던 말을 하지 못하는 아이의 모습이 답답하게만 느껴진다.

방학 일주일 전에 일찍 하교한 아이가 엄마와 데이트를 하고 싶다고 했다. 시내에 버스를 타고 나가서 둘이 쇼핑을 하고 싶었던 모양이다. 흔쾌히 데이트를 수락하고 나갔는데 쇼핑 중에 갑자기 비가 와서 급히 우산을 샀었다. 그 우산을 한번 쓰고 싶던 모양이다. 우산에 다이아몬드라도 박힌 것도 아닌데 그쯤이야

쓰고 싶으면 말하면 될 것을 별것 아닌 일인데도 엄마한테 말하면 엄마가 거절할 거라고 생각한 모양이다.

감정 널뛰기가 심했던 엄마와 자기 표현력이 아직 완성되지 못한 아이와의 대화는 언제나 버겁다. 하고 싶은 것, 말하고 싶은 것을 자신 있게 내뱉지 못하는 걸 볼 때마다 사실은 어린 시절의 나를 정면으로 바라보는 것 같아 힘들다. 아이와 우산 하나 때문에 시작된 감정싸움에서 무슨 말을 하고 싶은 건지 이미 파악되지만, 아이가 스스로 말할 수 있게 기회를 주는 중이라고 생각했다. 내가 먼저 말을 해 버리면 자기 생각을 끌어내어 말하는 연습을 못 할 것 같았다. 이것이 옳은 판단인지는 잘 모르겠지만.

아이의 태도가 마음에 안 들고 별것 아닌 일로 내 앞에서 움츠러드는 게 화가 나는 나 자신에게도 화가 치밀어 오르는 날이었다. 아이도 엄마의 태도가 마음에 안 들고 이런 거로 화를 내는 게 이해 안 되고 받아들이기 힘들었을 것이다. 머리로는 아이 감정을 받아주라는데 어떤 이유에선지 내 감정부터 먼저 떠오르는 아직 미숙한 엄마다.

최대한 감정을 눌러 보려고 방에 들어가 책을 펼쳤다. 엄마로서 너른 마음으로 아이를 받아 주어도 되는데 매몰차게 내 화를 누르고자 방으로 먼저 들어와 버렸다. 밖에선 혼자 내버려진 공간에 가득 차오른 아이의 울음소리가 점점 거칠어졌고 이리저리 자리를 옮겨 가며 엄마가 화를 풀고 나와 주길 기다리는 듯 보였다.

방에서 책은 들었지만, 신경은 온통 아이에게 집중되고 있었다. 그리고는 나도 엉엉 울었다.

갑자기 아이가 13개월 무렵 젖을 뗄 때가 생각났다. 준비되어 있지 않은 상태에서 친정엄마의 말 한마디로 인해 억지로 젖을 떼였는데 가슴에 밴드도 붙이고 물파스도 발라 보았다. 아이에게 이젠 엄마도 아파서 너에게 줄 수 없다는 액션을 보여 줬다. 졸리거나 피곤하거나 밤에 자다가 깨면 본능적으로 엄마를 찾는 아기였는데 그 아이의 본능을 무시하고 갑자기 이별하게 했으니 아기가 가졌을 충격은 말로 표현하기 힘들었을 것이다. 아이 마음을 보듬어 주었더라면 서로가 힘 빼지 않고 자연스럽게 넘어갈 수 있던 일이었다. 주관적이지 못한 엄마여서 강하게 밀어붙이기만 한 것 같아 지금 생각하면 미안한 마음이 크다.

『좋은 엄마가 좋은 선생님을 이긴다』의 저자이고 베이징사범대학교 교육학 석사로 독특한 교육철학을 가진 인젠리는 직접 부딪히고 시행착오를 거치며 터득한 방법으로 엄마들에게 진정성과 설득력을 가진 부모 교육의 전문가이다. 인젠리는 최근 출간한『아이의 마음을 읽는 연습』에서 거짓말하는 아이를 대처하는 방법에 대해 이렇게 기술하였다.

“아이가 사실을 숨기거나 거짓말을 하는 이유는 딱 하나에요.

어른에게 혼나지 않기 위해서죠. 본능적인 이유도 있지만, 대부분은 이전에 혼난 경험이 있어서 사실을 숨겨요. 평소에 자녀를 너무 엄격하게 대하지는 않는지, 이전에 아이가 실수했을 때 지나치게 혼낸 적은 없는지 한번 곰곰이 생각해 보세요. 태어날 때부터 거짓말을 하고 싶어 하는 아이는 없어요."

우산 사건이 있던 날 우선 내 감정을 최대한 가라앉히고 아이의 울음도 어느 정도 잦아들었을 때 밖으로 나와 소파에 앉았다. 아이를 옆에 앉히고 "네가 하고 싶었던 말을 엄마는 알고 있었어. 혹시 며칠 전에 엄마랑 같이 샀던 그 우산을 가지고 나가고 싶던 거 아니었니?"하고 물으니 고개를 끄덕이며 아주 작게 "네"라고 답했다. 아이 손을 잡아끌어 안아 주면서 "매우 속상했지"하고 물으니 말없이 다시 울기 시작했다.

자신의 마음을 알면서도 모른 척하고 무서운 표정을 지은 엄마를 보는 게 힘들었을 아이에게 미안해서 나도 눈물이 났다. 아이 머리 위로 떨어지는 눈물을 연신 훔치면서 내 감정도 솔직히 말해주었다. 거짓말을 할 필요도 없고 숨길 만한 이야기도 아닌데 엄마의 물음에 있는 그대로 말하지 못한 건 안 된다고 말할까봐 겁이 났다고 한다. 우리가 어떻게 노력해야 이런 일을 되풀이하지 않을까? 나는 아이를 진심으로 사랑하고 존중하지 않는 걸까?

어릴 때 나도 그랬다. 내성적인 성향을 지녔고 우리 아이처럼 말로 자기표현을 하는 게 힘들었다. 하물며 4살 때까지도 말을 못 해서 집안 어른들에게 큰 걱정을 안겨 주었다고 한다. 대신 착한 아이여서 보채지도 않고 떼 부림도 없이 혼자 조용히 놀다가 그 자리에서 잠도 들어서 집안일이 많은 엄마한테는 손이 많이 가지 않는 나름 효녀였겠다. 하지만 내가 아이를 낳고 키워보니 당시 엄마의 적극적인 보살핌이 없었기에 나 스스로가 관심받지 못하고 큰 것 같아 정서적 결핍이 생긴 건 아닌지 생각되었다. 사랑을 많이 받아 본 사람이 사랑도 잘할 수 있다고 했는데 마음은 충분히 착하고 선하지만 상대를 사랑하는 마음을 표현할 줄 모르는 것이다.

상대의 반응을 지나치게 신경 써서 자기 마음을 솔직하게 표현하는 법을 몰라서 이런 일이 생긴다. 아이의 모습을 통해 나를 보고 있자니 마음 그릇이 아직 그대로인 나를 인정하기 힘들다. 진정으로 아이를 사랑하고 존중하는 일은 나 자신을 먼저 사랑하고 존중하는 데서 시작되는 것이란 것을 다시 배웠다.

아이는 나의 또 다른 거울이다. 수많은 사람이 자신의 성장과 변화를 위해 노력한다. 어떤 성장을 꿈꾸든 그 중심이 흔들리지 않길 바란다. 내가 어떤 사람인지 어떤 위치에 있는지 스스로에 대한 기대치를 낮춘다면 아이를 향한 마음도 똑같아질 것이다. 나는 아직도 어른이 돼 가는 길이 멀고 힘들게 느껴진다. 내가 듣고 싶은 말 한마디가 아이도 듣고 싶은 말이란 것을 마음에 새긴다.

부모는 알면서 모른 척하지 말고 생각과 감정을 밖으로 꺼낼 수 있게 도와주는 역할자인 것을 잊지 말자.

2

이제는, 나답게 살자

여동호

친구가 돌아왔다

첫 직장에서 근무한 지 20년의 시간이 흘렀다. 그 사이 우여곡절(지상전, 공중전, 수중전 그리고 처세전)의 과정을 겪고 현재까지 살아남았다. 지상 최대의 목표는 승리하는 것도, 많은 전리품을 챙기는 것도 아니다. 단지 오래 살아남는 것이다. 이것이 현재 중년을 지나고 있는 샐러리맨의 목표이다. 가장이라는 이름의 무게와 급격하게 변하는 세상의 소용돌이 속에서 밀리지 않으려는 노력이 처연하다. 나의 능력과 열정이 아니라 남의 도움과 인맥 그리고 사내 정치에 매진하려는 이들이 있다 보니 고민이 깊어진다.

"나의 손의 힘으로 살아야 할 터인데, 자꾸만 남의 손을 잡으려 한다."

- 김훈 『라면을 끓이며』

김훈 작가가 자신의 글을 쓰는 고통을 표현한 문장이다. 힘겨울 때 나의 힘이 아니라 자꾸만 다른 이의 글에 이끌린다는 의미이다. 이전보다 더 잘해야 된다는 강박관념이 이 시대의 위대한 작가에게도 유혹의 손을 뻗치고 있다.

하물며 직장인들은 더 치열하다. 지상 최대의 승리를 하려니 정보의 흐름에 밀리고 능력은 떨어지니 비정상적인 방법을 찾게 된다. 인맥을 활용한 용인된 처세술 이외에 자신만의 비법 노하우로 승리할 방법을 끊임없이 찾아가고 있다. 올바른 방법이든 아니든 그것이 중요하지 않다. 끝까지 남아 있어야 승리하는 것임을 직장생활을 통해 자연스럽게 익혔다. 근속연수가 길어질수록 생존본능에 충실해진다. 딸린 식구도 많아졌고 지금보다 더 나은 일을 찾기도 힘들고, 무엇보다 새로운 도전에 대한 용기를 잃어버렸다. 하지만 이런 경쟁 사회 속에서도 마음을 나눌 친구는 있다.

"저는 다른 사람을 친구로 보지 못하고 마음속 어딘가에서 적으로 여깁니다."

– 기시미 이치로, 고가 후미타케 『미움받을 용기』

살아남기 위한 삶의 전쟁터에 친구가 돌아왔다. 4개월간의 투병과 삶의 무게를 이겨 내고 돌아온 것이다. 매일매일 티격태격하며 지내 오다 직장이라는 전쟁터에서 이탈했었다. 의견 대립이 생기면 가끔은 적이 되었다가 다시 처연한 모습의 동지와 친구가 된다. 같은 사무실의 울타리 안에 있어도, 이곳은 작은 세상의 일부이다. 그러하기에 경쟁과 시기와 질투가 마음속 어딘가에서 서로 소용돌이치고 있다. 하지만 20년이라는 세월의 무게만큼이나 깊은 정으로 뭉쳐 있는 것 또한 사실이다. 동료가 아프면 나도 아프고 동료가 기쁘면 나도 기뻐하며 축하해 준다. 아직은 경쟁과 질투보다는 따뜻한 정이 조금 더 지배하고 있어 그나마 위안이 된다.

모처럼 보는 그의 얼굴엔 쑥스러움과 반가움의 미소가 함께 머문다. 만나서 반갑고, 정든 고향 같은 직장에 되돌아와서 반갑고, 다시 초기화하고 삶의 길로 접어든 용기가 반갑다. 너무 바쁘게만 달려온 우리의 자화상이 그의 얼굴에 비쳤다. 정교하고 웅장하게 만든 기계도 휴식과 정비가 필요하듯 사람에게도 일상이라는 반복의 틀에서 벗어나는 휴식과 자기 성찰의 시간이 필요하다. "열심히 일한 당신 떠나라"는 광고 카피 문구처럼, 쉼과 회복을 위한 시간이 필요한 시점이다.

이제는 더 빨리 더 멀리 더 높이 가려는 구시대적 이념의 틀에서 벗어나야 한다. 많은 시간을 투자했다고 좋은 성과가 나오는 시대는 지나갔다. 그만한 투자 대비 성과도 미약한 것이 사실이다. 이제는 사람다움을 추구하는 삶의 길로 전환이 필요하고 또한 그러한 삶이 요구되고 있다. 워라벨로 대표되는 일과 삶의 균형

추를 맞춰야 한다. 좋은 쉼에서 더 나은 아이디어와 업무의 집중력이 향상된다. 잘 노는 사람이 일도 잘하는 시대이다. 그런 면에서 재충전하고 돌아온 친구가 살짝 부럽기까지 하다.

"하드웨어와 소프트웨어도 중요하지만, 진짜 투자해야 할 분야는 바로 휴먼웨어다."

– 김경집 『생각의 융합』

20세기 후반으로 접어들며 인간공학이 사회와 일터에 적용되었다. 이와 연계해 이제는 휴먼웨어에 더 집중해야 할 때인 것 같다. 설비에 대한 투자가 아닌 사람에 대한 투자가 선행되어야 한다. 4차 산업 시대에 접어들며 기계가 사람을 대신하는 부분도 늘었지만, 그 기계와 소프트웨어를 운용하는 몫은 오로지 사람의 몫이다. 사람과 기계가 공존하는 세상이지만 컨트롤의 몫은 오로지 사람이 해야 할 몫이다. 직장 내에서도 마찬가지다. 동료가 경쟁상대의 역할만 되는 것이 아니라 친구의 역할도 된다. 경쟁을 통해 살아남기보다 단합과 팀워크를 통해 살아남는 직장이 되었으면 좋겠다. 그 팀워크에는 동료애와 친구애가 함께 공존한다. 그래도 나는 팀원들에게 동료보다는 친구로 기억되고 싶다. 언제까지나….

친구를 통해 사람을 배운다. 아니, 사람의 정이 얼마나 소중한 자산인지를 배웠다. 인생은 이어 가는 것이 아니라 끊어 가는 것이라고 한다. 하나하나 때에 맞게 끊어 가는 과정에서 사람을 배우고 일을 배우고 또한 삶을 배운다. 이 친구의 4개월이 그의 삶의 정점에서 변곡점이 되었듯 그의 변곡점이 되레 나를 가르치고 있다. 그를 통해 내 삶의 변곡점을 들여다보게 된다. “어떻게 사는 것이 나를 위한 삶인가?”라는 질문을 던지게 되는 것이다.

“당신이 만든 광고가 좋은지 어떻게 확신하느냐고 묻더군요. 이렇게 대답했죠. ‘진심으로 좋다고 생각한 것은 그것을 반대하는 사람과 싸움하고 싶어진다.’ 내가 진심으로 느낀 것은 그것을 상대방에게 설득시키기 위해 응당 싸우게 만들기 마련입니다.”

– 박웅현 『다시 책은 도끼다』

나를 위한 삶은, 진심으로 좋다고 생각하는 것을 찾는 것이 먼저인 삶이다. 그리고 부딪히고 싸워야 한다. 나와 싸워야 하고 때로는 가족과 싸워야 하고 세상과도 싸워야 한다. 세상에 공짜는 없다. 그냥 주어지는 것이 없듯 노력 없는 결과물을 바란다면 욕심이다. 싸워서 얻은 성취 물은 그만한 보람이 있다. 또한, 자신을 한 단계 성장시키는 계기가 된다. 삶에는 성공체험이 중요하다. 고기도 먹어 본 사람이 잘 먹는다. 성공도 해본 사람이 더 잘할 수 있다. 때로는 논쟁하고 설득하며 나만의 이야기가 깊어질 때, 어떻게 사는 것이 나를 위한 삶인가의 해답을 찾아 한 걸음씩 전진해 나가게 된다.

세상의 친구에게서 배웠다. 그의 삶이 내 삶의 일부가 되어 있다는 것과 내 안의 진심이 담긴 목소리를 담아내어야 한다는 것을, 그리고 길은 혼자가 아니라 함께 걸어야 멀리 간다는 사실도.

다른 세상을 살다

"내가 보는 세상과 네가 보는 세상은 다르다. 우리는 저마다 다르게 관계 맺기를 하고 있다. 때문에 우리는 다른 세상을 살고 있다."

– 김주수 『글쓰기 스터디 1』

똑같은 현상을 보며 다르게 인식하는 사람을 이해하지 못했다. 내겐 당연한데 상대에겐 당연하지 않다는 것에 혼란을 겪었다. '저 사람은 왜, 저런 생각을 할까? 도대체 머릿속에 뭐가 들어 있나?' 이 궁금증을 나에게 대입해보면 수수께끼가 풀린다. 내 눈이 말해 준다. 눈으로 보는 세상과 마음으로 느끼는 세상이 다르다고. 같은 것을 보고 같은 상상을 하지만 다른 꿈을 꾸고 있다. 내 안에도 이렇게 다른데 하물며 다른 사람과의 관계에서 다름은 당연하다. 그 다름을 머리는 이해하는데 가슴이 이해하지 못하니 답답한 세상이 되어 간다. 내가 보는 세상과 네가 보는 세상이 다르기에 꿈꾸는 세상도 달라진다.

장하준 교수의 『그들이 말하지 않는 23가지』에서 세상을 변화시킨 가장 대표적인 도구가 세탁기라고 한다. 그는 세탁기가 인터넷보다 세상을 더 많이 변화시킨 기술이라고 했다. 여성이 지겨운 세탁 노동에서 해방되었기에 사회 참여가 확대되었다고 한다. 일견 이해와 공감이 간다. 남편(남자)의 입장에서 생각해 보면 왜? 세탁기가 세상을 변화시킨 도구란 말인가라는 의문을 갖게 되지만, 아내의 입장에서 보면 엄청난 변화와 자유를 준 사건이다. 사람들은 내가 하는 일이 더 힘들고 어렵다고 여긴다. 그래서 항상 나를 중심에 두고 현상을 평가한다. 아내가 보는 세상과 남편이 보는 세상은 엄연히 다르다. 물론 보는 눈이 다르다고 행복한 부부생활을 못 하지 않는다. 다만 서로의 생각을 좁혀 나가는 과정이 없다면 함께 걷기에 힘겨운 여정이 될 것이다.

'그러면 남녀는 왜 다를까?'

남녀의 다름을 강석기의 『늑대는 어떻게 개가 되었나』에서 다음과 같이 설명하고 있다. 『화성에서 온 남자 금성에서 온 여자』는 세계적 베스트셀러이다. 1992년에 출간되어 20년을 넘게 남녀의 차이를 이분법으로 구분했다. 남녀는 화성과 금성처럼 다른 행성에서 왔으니 본질적으로 다르다. 그러기에 다름을 인정해야 한다는 논리다. 『화성에서 온 남자 금성에서 온 여자』는 남녀의 관계를 설명하는 필독서처럼 읽혀 왔다.

그런데 이 논리를 반박한 학술지가 나왔다. 2013년 〈성격과 사회심리학 저널〉에서는 남녀 차이는 성별이 아니라 개인의 성격이나 기질 때문이라는 반대 논리를 폈다. 게이나 레즈비언 커플도 남녀 커플이 겪는 문제를 똑같이 갖기에 성별의 문제로 구분하기에는 무리가 있다. 대중은 본질적으로 범주화해서 프레임을 씌우기를 좋아한다. 그래서 화성 vs 금성의 논리가 우리를 지배하고 있었을 것이다.

또한 똑같이 듣고 보는데, 어쩐 일인지 말과 글은 달리 표현된다. 말은 쉽게 내뱉지만, 글은 쉽게 쓰지 못한다. 글을 쓰려면 생각을 해야 한다. 즉흥적으로 쉽게 내뱉는 말과 생각하며 쓰는 글에는 그려지는 세상이 다르다. 중국 철학자인 장자는 세상에서 참된 말을 찾기 어려운 것은 "말이 화려해졌기 때문"이라고 했다. 알곡보다 포장된 쭉정이만 더 신경 쓰기에 말에서 신뢰를 찾기가 힘들어지는 것이다. 화려하기보다는 진실한 말, 수려한 미사여구보다는 간결한 글이 마음을 더 움직이게 만든다. 진실과 간결함은 아름다움과도 서로 통한다. 말과 글이 화려함으로 미화되기보다는 나와 너를 포용하는 아름다움으로 포장되었으면 좋겠다.

리처드 니스벳(Richard Nisbett)의 『생각의 지도』라는 책에서 동양과 서양의 사고방식을 비교해 놓았다. 그중에서도 "세상을 통제하려는 사람(서양)과 세상에 적응하려는 사람(동양)"으로 동서양의 차이점을 구분했다. 자연도 극복의 대상이라며 한쪽은 자신의 발밑에 두고 통제하려고 하고, 또 다른 한쪽은 그 자연에 순응하며 적응하려고 한다. 자연을 굴복시키고 싶은 사람과 자연과 친구가 되고 싶은 사람은 자연을 바라보는 시각이 다를 수밖에 없다. 어떻게 보느냐에 따라 달리 보인다. 세상을 네모로 생각하고 바라보면 네모 안의 세상만 보이고, 동그라미의 시선으로 바라보면 동그란 세상만 보게 된다. 똑같은 것을 보면서 다른 세상을 꿈꾸는 것이 동서양의 견해차이다.

이렇게 다르게 보는 이유는 뭘까? 아마도 이타심(利他心)이 아니라 이기심(利己心)에서 출발한 욕심 때문일 것이다. 다양성을 존중하는 시대이기에 똑같은 것을 보고 다르게 생각하는 것을 이제는 당연하게 받아들인다. 또한, 그럴 수밖에 없는 환경들도 인정한다. 다양한 생각이 다양한 색깔로 덧입혀질 때 닫힌 문이 아닌 열린 문 안으로 들어갈 수 있다. 그래야 패러다임의 전환과 창의적 발상의 전환이 가능하다. 하지만, 달라야 하지만 달라지지 말아야 할 것도 분명히 있다.

"Everything changes but Nothing changes."

(모든 것은 변하지만 아무것도 변하지 않는다)

원리도 변하고 원칙도 변한다. 하물며 진리도 시간이 흐름에 따라 변한다. 세상의 모든 것이 변하지만 불변이라고 굳이 말한다면 '변한다는 그 자체' 일 것이다. 그래도 변하지 않아야 하고 잊지 말아야 하는 것은, 그 현상에 대한 '본질'이다. 피카소의 대표작 중 하나인「황소(The Bull)」는 본질의 의미를 단순 명료하게 설명하고 있다. 단 몇 개의 선으로 그린 단순한 황소를 통해 가식으로 두툼하게 둘러싼 외투를 벗게 만든다. 그 사물을 제대로 이해하는 데는 단 몇 개의 선만 필요할 뿐이라는 것을 가르친다.

다름을 이겨내는 길은 '본질'을 제대로 보는 것에서 출발한다. 생각의 때를 벗겨 내고 순수함 그 자체로 들여다보아야 보인다. 가식덩어리로 둘러싸인 외투를 벗어던질 때, 그때부터 같이 공감할 수 있다. 같이 공감한다면, 혹여 내가 보는 세상과 네가 보는 세상이 다르더라도 보이는 것에만 매이지 않게 된다.

"다른 세상이 같은 방향에서 만나게 될 때, 다른 세상이 아닌, 다음 세상의 길을 열어 줄 것이다."

언제나 당신 편이 되어 줄게

"하나님이 우리 편인지 아닌지 나는 관심이 없다. 나의 가장 큰 관심은 내가 하나님 편에 서는 것이다."

- 에이브러햄 링컨

결혼 후 10년이 지난 어느 날 알게 되었다. 아내가 가진 불만이 무엇인지. 대부분 아내는 말하고 나는 듣는 편이다. 어떤 사건의 중간자 위치에서 판결하려는 판사의 역할이 나의 모습이었다. 시시비비를 나름의 잣대로 그어, 정의와 공의라는 이름을 앞세워 아내에게 조언(훈계)한다. 질문하기에 조언이라는 의미로 말 한마디 했을 뿐인데, 상대방을 향해 열변을 토하던 아내의 공세 대상이 갑자기 나로 바뀌었다. 이럴 때면 순간 당황한다. 뭐지? 그리고 아내가 정색하며 묻는다.

"당신은 남편이 무슨 뜻인지 알아?"

"그거야 아내의 배우자가 남편이지."

"틀렸어. 남의 편이어서 남편이래. 당신을 보면 그 말이 딱 맞아!"

갑자기 말문이 막혔다. 표현이 절묘했다. 그러고 보니 아내의 편을 들어준 적이 별로 없다. 항상 변호사의 역할보다 판사의 역할에만 치중했다. 아내를 변호하고 아내의 말을 귀담아들어 주지 못해서 남의 편이라는 의미가 붙었나 보다.

한자로 남편(男便)은 '편한 남자'로 풀이된다. '남녀칠세부동석'으로 대표되던 유교 사상에서 남자와 여자가 자유롭게 만나 연애할 수 없었기에 그 자유로움을 얻어 편안함을 추구하는 남자라서 남편이라고 지었나 보다. 이런 편한 남자가 되지 못하고 남의 편이 되고 만 이유는 아마도 교육시스템의 문제점에서 기인했다는 생각이 든다. 질문에 답을 찾는 과정만 치중하다 보니 듣는 데 익숙하지 못했다. 답에는 맞고 틀리고의 이분법적인 요소가 강하다. 아내의 불만에 정확한 답을 찾기 위해 분석하고 해결방안을 제시하려 했다. 답을 원하는 것이 아니었는데 항상 이렇게 내뱉고 만다.

"그건 당신이 틀리네. 상대방의 입장에서 생각해 보면 그런 생각을 가질 수도 있잖아."

이 순간 내뱉은 한마디의 말이 10년을 넘게 속 썩게 하고 있다.

참 무지했다. 운전으로 치자면 부부관계에서 초보운전자일 뿐이다. 결혼이라는 과정을 통해 남편이라는 면허는 취득했지만, 운전에 익숙지 않다. 일반도로는 주행했지만, 고속도로 주행을 못 하는 꼴이다. 자동차가 막힌 도로를 뚫고 최적의 길을 운행해야 하는데 항상 정체되고 막히는 길로만 가고 있다. 귀 열고 잘 들어주면 자연스럽게 풀리게 될 것을. 공평하고 정의롭게 말해야 한다는 강박관념에 사로잡혀 원하지도 않는 솔루션을 행했다.

몇 해 전 '골목식당' TV 프로그램에서 패널인 정인선 씨가 자신의 역할을 넘어서 오버하며 메뉴 개발의 솔루션을 했다가 낭패를 본 것처럼, 들어 줘야 하는 역할에만 충실하면 되는 것들이 대부분이다. 아내의 얘기는 간단하다. '이런 문제가 있으니 나열 받아. 그러니 내 말 좀 들어 줘!' 내 편이 되어 달라는 손짓인데 이걸 이해하는데 10년이 넘게 걸렸다. 20년이 흘렀지만, 이해는 하여도 공감하는 데는 여전히 부족하다. 머리는 이해했는데 여전히 말은 제어가 안 된다.

"자기야, 잠깐 앉아 봐!"라는 말에 여전히 가슴 떨린다. 또 무슨 말을 하려나? 이런저런 얘기와 불평이 이어지겠지? 그러면 나는 어떻게 상황을 수습하고 벗어나야 하나? 지혜롭게 빠져나갈 방법은 뭘까? 제대로 안 듣고 딴짓하다 토라지면 낭패다. 수습하는 데 힘을 쏟아 내야 하는 것도 부담스럽다. 짧은 순간 온갖 생각들이 스쳐 지나간다. 그리고 반쯤 걸터앉은 자세로 아내의 얘기를 듣는다.

가끔은 본론으로 이어지는 단계가 한세월이다. 대구에서 출발해서 서울로 오면 되는데, 굳이 부산에서부터 출발하고 있다. 상세하게 설명하려는 의도는 알겠는데 남자의 특성상 과정보다 결론을 먼저 도출해 놓은 방식이 편하다. 결론을 듣고 궁금하면 묻고 판단하면 시간도 단축되고 훨씬 효율적이다. 아내와 대화도 효율을 따지게 되니 충돌이 발생할 수밖에 없다. "그래서 말하고 싶은 게 뭐야?"라고 따지듯 묻다 보면 사달이 나고 만다. 휙 돌아서 차가운 냉기를 쏟아내며 문을 쾅 닫고 들어가 버린다. 그리고 정적이 잠시 흐른 후, 문을 박차고 나와 한마디 쏟아 낸다.

"내 말이 그렇게 우스워?"

맞장구치고 쓰다듬고 같이 비판하고 공감해 주면 될 것을. 알량한 자존심이 무엇이라고 여전히 이렇게 사는지 한심하다. 전개될 흐름을 알면서도 막지 못하고 사는 삶이 남편의 삶인가 보다. 그래서 여전히 남편(男便)이 아닌 남편(남의 편)으로 살고 있다. 사람은 쉽게 안 변한다. 남자는 더 쉽게 안 변한다. 그중에서 남편은 더더욱 쉽게 안 변한다. 하지만 변하지 않고서는 이 시대를 살아가기 힘들다. 변화라는 키워드를 보며 흥분하고 열광했던 청년 시절을 떠올리며 다시 다짐한다.

"여보! 이제는 무조건 당신 편이야."

베란다 내 서재

예전에 살던 집은 리모델링된 집이었다. 그래서 모든 방과 거실이 확장되었고 특히 안방에는 서재로 사용할 수 있는 공간이 별도로 있었다. 베란다를 개조한 작은 공간이었지만 운치도 있었고 조용하게 책 읽고 사색할 수 있어서 좋았다. 그런데 이사를 몇 번 하면서 그런 공간이 사라졌다.

지금은 아이들 둘이 성장했고 그나마 안방엔 서재로 둘 만한 공간이 없다. 긴 테이블을 침대 옆에 두고 사용하지만 공간의 여유로움을 강조하는 아내에겐 눈엣가시 같은 존재이다. 안방이 침실과 경대, 장롱에 서재 역할까지 해야 하니 잡화점 매장처럼 부산스럽다. 또한 거실과 바로 연결되어 있어 TV를 켜면 벽을 타고 온갖 잡음이 춤추듯 밀려온다. 그 잡것들의 춤에 휘말리면 사색의 향연은 사라지고 상념의 막춤만 남을 뿐이다. 그러다 길을 잃고 헤매다 책을 덮고 글도 멈춘다.

글은 멈춰도 삶은 지속된다. 그래서 가족과 삶에서도 작은 선을 그어 침범하지 못할 공간을 갖고 싶다. 어린 시절 고향은 작은 어촌 마을이었다. 그곳에서는 구석구석 숨을 공간이 즐비했다. 그 중에서 우리 집만의 선창가 창고가 있었다. 그 창고의 작은 공간에다 잡다한 물건을 갖다 놓고 나만의 아지트를 만들었었다. 그 아지트가 아버지께 발각되기 전까지는 내가 그곳의 주인이었다. 내가 놓고 싶은 것, 내가 만들고 싶은 것을 마음대로 장식하고 꾸밀 수 있는 곳이었다. 그곳엔 어른이 없고, 금지라는 푯대도 없고, 질책도 없었다. 다만, 협소한 자유만 있을 뿐이었다. 아지트를 벗어나면 물거품처럼 사라지지만 그 안에서만은 무엇이든 꿈꿀 수 있는 공간이었다. 어느덧 수십 년이 지난 후에 그 꿈꿀 수 있는 공간이 점점 그리워졌다.

어느 날 베란다에서 쓰레기 분리수거를 하다 작은 공간이 눈에 들어왔다. 상추와 깻잎을 키우다 겨울이 되면서 방치한 곳이다. 저것들을 치우면 조그만 공간이 생길 수 있겠다는 생각에 큰방에 놓여 있는 낡은 테이블을 머릿속에 그려 보았다. 사이즈는 얼추 될 것 같은데 베란다를 가로질러 지지해 주는 벽체가 문제가 되었다. 테이블의 긴 다리가 그곳에 들어갈 수 없었다. 포기할까 생각하다 테이블 아랫부분을 살펴보니 분해와 조립이 가능한 구조였다. 분해해서 다리 방향을 바꾸면 조금은 흔들리겠지만 그래도 가능하겠다는 생각이 들었다. 대략적인 견적까지 나왔으니 머뭇거릴 시간이 없다. 바로 테이블 다리의 분리 작업에 들어갔고 베란다에 옮긴 다음 위치를 확인 후, 재조립했다. 무게 중심이 틀려 약간 흔들리는 것은 서랍과 책을 활용해 맞췄다. 나름 서재의 모습을 갖췄다. 낡아 위로 올라가지 않는 빨래 건조기도 교체하고 목숨 다한 천장 등을 LED로 바꾸니 책을 읽을 만한 공간이 되었다. 나만의 아지트가 다시 생긴 것이다.

쓸모없이 방치되어 있던 베란다의 작은 공간을 나만의 서재로 재창조하다

새 아지트를 만들고 하나둘 친구들이 생겼다. 항상 왼쪽 손아귀를 통해 우뇌를 자극하는 '호두 세 알 친구들', 항상 제자리에 멈춰 앞으로 나아가지 못하는 내게 어디든지 갈 수 있다고 용기를 주는 '파란색 지구본 친구', 가까이하기엔 부담스럽지만 멀어지면 시베리아 벌판을 체험하게 만드는 나의 '티엔느(전기 히터)' 그리고 누군가를 위해 기도하며 마음을 전하게 만드는 한 묶음의 '리갈 메모지', 아참, 담양에서 밥통으로 쓰인 '대나무 필통' 친구들. 이들이 함께 있으니 테이블 위에 놓인 책들이 더 빛깔난다.

이들은 매일 나와 만나서 수많은 대화를 한다. 호두는 자신들의 몸을 통해 소리로 영감을 주고, 지구본은 세상은 좁다, 머뭇거리지 말고 더 큰 세상으로 도전해 보라며 길을 열어 주고, 티엔느는 따뜻함을 온전하게 전해 줄 용광로 같은 사람이 되라고 가르친다. 리갈 메모지는 교만하지 말고 항상 감사가 몸에 배어 있어라 말한다. 또한 대나무 밥통이었던 필통은 자신의 몸을 내어주고 세상의 말과 글을 담을 수 있는 생각의 도구를 끌어안았다. 이들은 각양각색의 쓰임새를 통해 다양한 언어로 내게 속삭인다. '이제는 너답게 살아라!'

『도시는 무엇으로 사는가』의 저자 유현준 교수는 건축에 대해 말한다. "공간이 없다면 빛도 존재할 수 없다. 공간이 없다면 우리는 시간을 느끼지도 못할 것이다. 건축은 이러한 공간을 조절

해서 사람과 이야기한다." 베란다의 재활용은 건축이 아니라 리모델링, 리뉴얼 수준이다. 하지만 유현준 교수의 말처럼 죽었던 공간을 조절해서 사색하고 이야기하고 글로 소통할 수 있는 공간으로 재탄생했으니 건축이라고 봐도 무방할 것이다. 그늘진 마음 한 편에 작은 빛이 스며들게 했으니 더더욱 그러하다.

삶에는 틈이 필요하다. 무엇인가 파고 들어갈 수 있는 작은 틈. 그 틈과 틈 사이를 '틈새'라고 한다. 답답하고 막막한 세상, 그 틈새를 통해 숨 쉴 수 있는 공간이 열린다. 이곳에 앉으면 바람의 흐느낌과 애잔한 비의 목소리도 들을 수 있다. 이들과의 만남을 통해 삶의 의미도 찾고, 죽어 가는 감성도 되살리는 심폐소생술을 받는 느낌이다.

이곳은 아주 작은 공간이지만 갈 곳을 잃고 방황하는 가슴을 잠깐이나마 쉬게 할 수 있어 의미가 있다. 사색은 깊게 생각하는 것이 아니라 가끔은 그냥 바라보며 생각을 없애는 것이 아닐까? 그런 의미에서 이곳은 생각하게 하는 공간이면서, 생각을 없애는 공간이다. 그래서 더 좋다.

친구 어머니의 모자

얼마 전 아들에게서 카톡이 왔었다. 친구 어머니 모자를 가지고 가다 잃어버렸다는 톡이었다. 친구들과 함께 사 드려야 하니, 돈을 부쳐 달라는 내용이다. 일하다 톡을 받아보고 '이제는 별별 이유를 다 만드는구나'라는 생각이 들었다. 아내에게 톡 내용을 보냈다.

"어떻게 할까?"

답신이 왔다.

"그냥 속아 줘. 때로는 분명히 혼날 것 같은데 부모님이 아무 말 없이 들어주실 때 감동해."

요즘 돈 달라는 이유가 부쩍 늘었다. 가끔은 묻지 않고 그냥 줄 때도 있지만, 씀씀이가 헤퍼지는 것 같아 브레이크를 한 번씩 건다. 친구 어머니 모자는 상식적으로 잘 이해도 안 간다. 돈을 받아 내는 방법이 아직은 어리숙하다. '아마 PC방에 가거나 친구들끼리 맛있는 거 사 먹겠지'라는 생각으로 송금했다. 달라고 할 때는 다양한 이야기를 주절주절하면서 송금하면 끝이다. 더 이상의 대답은 없다. 목적 달성을 했으니, 더는 무의미하다는 단호함이 깃들어 있다. 누군가에게 베풂을 받고 난 이후의 자세가 중요함을 아들을 통해서 배우게 된다. 화장실 갈 때와 나올 때가 다르다는 말의 의미를 아들의 카톡 내용을 보며 확실히 느낀다. 서운한 마음은 어쩔 수 없다.

요즘 방학이라 퇴근 후 아들 얼굴 보기가 힘들다. 무슨 놀 거리가 그렇게 많은지 집에 들어올 생각을 하지 않는다. 키 커야 한다며 농구하고, 다른 반에서 자기 반 축구 실력을 무시했다며 반 친구들과 축구 연습하고, PC방 갔다 밥 먹으러 가는 게 일상이 되었다. 그사이 유일하게 하는 영어학원은 가기만 갈 뿐이지 성적은 점점 떨어져만 간다. '놀 수 있을 때 많이 놀아라. 언젠가는 네 길을 찾겠지'라는 긴 기다림의 희망의 끈만 붙들고 있다. 공부가 아니면 저렇게 좋아하는 운동으로 방향을 잡아 나가면 뭐가 돼도 되지 않겠냐는 막연한 생각과 함께. 아들에게 문자를 보냈다.

"언제 들어오니, 이제 들어올 때도 되지 않았니?"

"네. 집 앞이에요."

"알았다."

그러고 나서 50분 정도 있다 들어왔다. 집이 중국의 자금성 앞이라도 되나 보다. 집 앞이면 언제 올지 모른다. 기분 좋을 때면 현관문을 들어서는 발걸음이 가볍다. 입에 따발 소총을 물고 들어온다. 오늘은 친구 어머니 모자 이야기로 시작되었다.

친구 모자인 줄 알고 가지고 있다 잃어버렸다고 한다. 얼마 전에도 어머니 모자를 형이 가지고 갔다 잃어버려 많이 혼났다며 걱정하는 친구를 보며 자기들끼리 대책을 수립했고, 여기저기 들른 행보를 따라 곳곳을 찾아다녔지만 찾을 수 없었다고 한다. 그래서 고민 끝에 친구 어머니께 편지를 썼다며 읽어 주었다. 편지는 아들이 직접 썼고, 전달은 ○○이가 자기 어머니께 직접 했다고 한다.

○○이 어머니께!

안녕하세요. 어머니. ○○이 친구 ○서, ○준, ○석, ○우입니다. 우선 이렇게 연락드리게 되어 진심으로 죄송합니다. 저희가 모자를 ○○이에게 전해 주려다가 실수로 잃어버렸습니다. 정말 죄송합니다.

저희가 너무 죄송해서 모자를 계속 찾아보며 주변에 계신 상인 분들께 여쭤도 보았지만, 도저히 찾을 수가 없었습니다. 저희가 너무 죄송한 마음에 책임을 지고자 똑같은 상품의 모자를 다시 구매하여 드리려고 여러 사이트와 나이키 매장을 찾아보았지만, 품절되고 구할 수 없다고 하여 진심으로 이렇게 편지를 썼습니다. 그리고 저희가 너무 죄송해서 드리는 돈이니 꼭 받아주세요. ㅠㅠ 정말 죄송하고 또 죄송합니다.

저희가 책임지고, 잘 지켜야 했는데 부족한 저희의 탓이니 ○○이는 용서해 주세요. 저희가 돈 자체를 드리는 게 너무 성의 없어 보일 수 있으시겠지만, 저희가 많은 생각과 고민 끝에 내린 결정이니 용서해 주세요. 나중에는 좋은, 예쁜 소식으로 연락드릴 테니 앞으로 잘생긴 ○○이와 좋은 친구 관계 이어가며 잘 지내겠습니다. 다시 한번 죄송합니다.

– ○서, ○준, ○석, ○우 올림

편지 낭독이 끝남과 동시에 박수를 쳤다. 진심을 담은 편지도 좋고, 안에 담긴 글의 내용도 좋았다. 또한, 아들에 대한 미안함과 믿지 못한 부모의 부끄러운 마음도 함께 담았다. '유니섹스'의 시대라고 하지만, 아빠의 모자가 아니라 엄마의 모자를 쓰고 다닌 것 자체가 이해가 어려웠다. 내 상식의 틀 안에서 아들을 평가하고 있다는 생각에 꼰대 소리 들을 만하다.

이 편지를 받고 ○○이 어머니는 마음이 풀렸다고 한다. 글씨 잘 썼다며 누가 썼는지도 물어보고, 아들 친구들이 전해 준 편지를 화장대 위에 세워 두었다고 한다. 잃어버린 몇 만 원의 모자

대신 진심이 담긴 따뜻한 마음을 받으셨다. 사람은 실수할 수 있다. 그 실수가 전화위복이 되는 과정은 어떻게 대처하느냐에 달려 있다. 아직은 세상이 아무리 각박해도 따뜻한 마음엔 울림이 있다. 그 울림을 먹고 사는 삶이 우리네 삶이다.

아들과 친구들이 위기를 대처해 가는 방법을 보며 순수한 그 마음에 감동했다. 친구가 걱정하는 모습을 보며 서로 용기를 낸 듯하다. 아이들이 사람 마음을 읽는 방법을 안다. 돌아가려 하지 않고 정면으로 대처했다. 그런 측면에선 어른보다 낫다. 몸은 어른이지만 생각은 아직 아이의 수준에 머물러 있는, 어른아이가 많은 이 시대에 아이들이 더 어른스럽다.

독일의 철학자인 발터 벤야민은 이렇게 말했다. "밤중에 계속 길을 걸을 때 도움이 되는 것은 다리도 날개도 아닌 친구의 발소리이다." 그렇다. 어두운 터널을 지날 때 친구의 발소리만큼 반가운 것은 없다. 특히 청소년기에는 친구가 거의 전부다. 부모에게 말하지 못하고 불평하지 못하는 고민을 친구와는 나눌 수 있다. 서로의 공감대가 형성되어 있기에 자연스럽게 가능한 일이다.

"만약 자네가 형이나 그 왜 다른 인간관계를 경쟁이라는 관점에서 보지 않았다면 그 사람들은 어떤 존재가 되었을까? 아마도 더 가까운 '친구'가 되었을 걸세!"

– 기시미 이치로, 고가 후미타케 『미움받을 용기』

친구 어머니 모자를 찾기 위해 함께 머리 맞대고 고민하던 친구들이 세상의 경쟁 속에 서지 않기를 바란다. 이 세상은 승자와 패자만 있는 곳이 아니다. 서로를 연결해 주는 친구가 존재한다. 그 친구가 있기에 세상은 살맛 나는 곳이다. 나 혼자 할 수 있는 일은 없다. 나 혼자 살아갈 수 없다. 누군가의 조력자가 필요하고 누군가의 든든한 버팀목이 필요하다. 그 버팀목이 당장은 부모이고 또한 친구이다.

다섯 명의 친구가 끊임없는 우정의 관계를 유지했으면 좋겠다. ○○이 모자(母子)를 위해 친구들이 어머니 모자를 찾는 과정처럼 순수하고 아름다운 마음을 계속 유지하기를 바란다.

글은 진보해야 한다

네이버 밴드로 소통하는 선배가 신인상 수상을 했다. 그의 글을 보면서 사람은 생긴 모습 그대로가 아니라 내면의 깊이가 중요함을 깨닫게 된다. 짧은 글, 마음을 전하는 글 그리고 마음을 움직이는 글, 이런 글에는 생명수와 같이 목마름의 갈증을 해소해 줄 에너지가 있다. 음식으로 비유하면 텁텁한 맛이 아니라 시원 달콤한 맛이다. 그의 달콤한 글 속으로 빠져들게 된다. 그를 통해 나를 보고 내 삶을 되돌아본다.

얼마 전 회사 개선 활동 자랑대회에서 발표자의 이력이 소개되었다. 사회자가 그의 관심사와 취미가 무엇인지 맞추는 순서가 있었다. 각종 전자제품들과(캠코더, 카메라, LCD TV, 세탁기, 핸드폰 등) 여행상품권, 프러포즈 이벤트 행사 티켓 등 다양한 것들이 화면 속을 채웠다. 그리고 사회자가 질문한다.

"이 물건들과 발표자는 어떤 관계가 있을까요?"

모두 대답을 머뭇거리는 사이 한 분이 손을 들었다.

"제가 저분을 압니다. 저분은 경품에 미쳤습니다!"

"그렇습니다. 이분은 경품 참여에 미친 분으로 모두 경품으로 받은 것들입니다."

이분은 자신이 원하는 것을 향해 끊임없이 두드렸다. 두드리면 문은 열린다는 삶의 진리를 일깨워 준다. 우선 열어야 한다. 그 문이 어떤 반응을 할지는 그다음 문제이다. 글도 마찬가지다. 경품을 받기 위해 꾸준히 두드렸듯, 글도 계속 두드려야 한다. 문을 향해 걸어가 두드려야 문이 열리듯 끊임없이 글을 쓰고 끊임없이 글을 드러내야 글과 하나가 될 수 있다.

쓰기 위해서 항상 고민한다. 뭘 써야 될지 몰라 펜을 들고 머뭇거린다. 이럴 때엔 질문이 필요하다. 다른 누구도 아닌 자신에게 물어야 한다. 내 안에 어떤 놈이 들어앉아 있는지 나조차도 모른다. 두드리고 질문하다 보면 귀찮아서라도 감춰진 자신의 모습을 살포시 드러낸다. 그들이 살짝 그림자만 비쳐도 상상의 나래를 펼치게 되고 그 상상이 어느새 글이 된다. 이런 글은 내면의 목소리를 담을 수 있다. 그 내면의 목소리가 말한다. "내 말을 들어 줘!" 내가 나의 목소리를 듣는 것 곧 그것이 대화이다. 가장 기본적인 자신과의 대화가 없는 사람이 어떻게 다른 이와 대화를 할 수 있겠는가?

"글쓰기의 또 다른 이름은 대화이다."

끊임없는 대화를 통해 글의 주제가 선정되고, 글의 방향이 결정되면 글이 앞으로 나아간다. 산에 오를 때 힘들다고 느끼지만 한 걸음 내디딜 때마다 뒤로 가지는 않는다. 힘겨워도 앞으로 나아가게 되는 것처럼 글도 쓰면 쓸수록 한 걸음씩 전진해 나간다. 이것을 글의 진보라도 불러도 좋다. 글은 밀고 가는 힘이 있다. 손가락의 감촉이 펜의 차가움과 만날 때 펜에 따스한 힘이 실린다. 그 힘에 간절함을 담아 마음을 전하면 된다. 그러면 펜이 춤을 추듯 미끄러져 흘러간다. 마치 문을 두드려야 열리는 것처럼, 글도 두드리면 열린다.

닫히고 막힌 글의 물줄기를 찾는 길은 단순하다. 일단 써라. 오직 쓰는 것뿐이다. 매일매일 글의 진보를 바란다면 먼저 써라. 써야 기억한다. 기억해야 다시 찾게 된다. 끊임없이 기억하고 찾고 다시 쓰면서 대화해야 한다. 쓰지 않으면 내 안의 목소리를 들을 수 없다. 내 안에서 부르는 나의 목소리를 들어야 한다. 그 목소리를 담아내는 것이 내가 해야 할 역할이다.

다른 누군가의 이야기를 옮기기보다 내 이야기를 해라. 이제는 남의 이야기를 듣기보다 내 이야기를 할 때이다. 내 안에서 속삭이는 그 이야기가 내 목소리에 담길 때 내 꿈도, 내 인생도 새롭게 시작된다. 이제까지 다른 사람의 이야기만 들었고 다른 사람의 삶을 살았다. 내 안에 나는 없고 다른 이들로 채워진 삶뿐이었다. 다른 사람의 이야기가 내 삶의 전부인 줄 알았다. 그들을 통해 배우기만 바빴지, 나를 드러내지 못했다. 이제는 꽃봉오리가 열리기를 기다리지 말고 직접 꽃을 피워야 한다. 노란 꽃이든 빨간 꽃이든 상관없다. 꽃을 직접 피게 하는 것이 중요하다.

글을 짓기 위해서는 혼자만의 시간이 필요하다. 하지만 일단 쓰고 나면 그 이후엔 함께 지어 가야 한다. 내가 쓰고 주변인들이 합평해 주고 다시 수정하고 이런 과정을 통해야 글의 진보가 이루어진다. 이 합평이 글쓰기 모임을 통해서도 가능하고 블로그를 통해서도 가능하다. 서로가 읽고 서로의 느낌을 공유한다면 글은 외롭지 않을 것이다. 글을 쓰는 내가 외롭더라도 글만은 외롭지 않아야 한다. 각각의 삶의 흔적과 고민의 과정을 거쳐 탄생된 글이다. 그런 글이 누구에게도 관심받지 못한 채 소외된다면 산고의 고통을 겪고 출산한 아이가 가족에게 외면 받는 심정일 것이다. 과한 해석이지만 작가의 마음이 그런 마음이라는 의미이다.

삶의 화두가 '소통'이 된 지 오래다. 오래되어도 여전히 소통엔 목마름이 뒤따른다. 소통이라 쓰고 불통이라고 읽는 시대이다. 소통은 소리로만 통하는 것이 아닌데, 대부분 소리(말)로만 통하려고 한다. 말에는 상대를 대하는 자세가 함께 전달된다. 말은 청산유수인데 그 말에서 나오는 냄새가 악취로 진동한다면 썩은 말일 뿐이다.

내 생각을 전하려면 우선 진실하여야 한다. 진심은 통한다는 말처럼 말에도 감정이 있다. 말한다는 것은 내 감정을 상대에게 전하는 행위이다. 이렇게 감정을 담아 전했는데도 상대는 여전하다면 이유는 간단하다. 내가 변하지 않아서이다. 내가 변하지 않는데 상대가 변하기를 바라는 것은 욕심이다. 내가 변하는 그 중심에 소통이 있고, 소통의 핵심은 대화이며 그 대화를 이끄는 매개체가 글이 되었으면 한다. 글은 마주 보지 않고도 사람을 통하게 만드는 마력이 있다. 말하기 힘든 것, 표현하기 힘든 마음을 글로 표현한다면 마음을 움직이고 목마름의 갈증을 해소해 줄 생명수를 얻게 될 것이다.

일단, 먼저 써라.

쓰면서 생각하라.

쓰면서 고민하라.

쓰면서 다듬어라.

결단코,

생각만으로 열리는 문은 없다.

펜이 걸어가는 길이 갈지자의 횡보가 되더라도 우선 써라. 머리로 쓰는 글이 아니라 가슴이 원하는 글을 쓰고 싶다면, 펜이 걷는 길과 함께해야 한다. 눈으로 보고 손끝으로 느끼고 마음으로 읽어 가라. 그렇게 쓴다면 글이 글로만 그치는 것이 아니라 사람을 웃고 울리는 예술 작품이 될 것이다.

두드려야 한다. 그래야 열리고 그래야 진보한다. 어제의 내가 아니라 내일의 나를 찾게 된다. 뒤로 가지 말자. 느리더라도 한 걸음씩 앞으로 나아가는 길, 그 길이 글의 진보다.

아내가 없다

깊어 가는 저녁, 홀로 방 안에 앉아 책을 읽고 있다. 신형철의 산문집 『슬픔을 공부하는 슬픔』을 읽다 내 안에 감춰진 슬픔을 들추어낸다. 이러지 않아도 되는데…기쁨을 공부하는 기쁨을 배워도 채워지지 않는 배고픔이 있는데…갑자기 다가온 적막함과 고요함이 두려워졌다. 혼자라는 기쁨보다 외롭다는 슬픔이 엄습해 왔다. 이 슬픔은 싸워서 이겨야 할 대상이 아니다. 그냥 스쳐 지나가기를 바라야 한다. 괜히 싸우다 언짢아지거나 정이 들면 흘려보낼 수 없다. 흘리지 못하면 내 안에 가둬야 한다. 지금도 다양한 아픔과 외로움, 불평과 두려움이 온몸 구석구석 박혀 있는데 슬픔까지 가둘 엄두가 나지 않는다. 그런데도 지금 이런 슬픔까지 공부해야 하나?

혼자라 외롭다고 글로 하소연하니 '여름'이가 들었나 보다. 자기 집에서 나와 어슬렁어슬렁 걸어왔다. 그리고 내 옆 베개에 드러누워 코까지 골고 잔다. '당신 혼자가 아니야. 내가 있잖아!' 이렇게 말하고 있는 듯하다.

여름이는 우리 집 반려견이다. 벌써 4년의 시간을 함께한 가족이다. 말하지 못해도 표현은 할 줄 알고 이해하지 못해도 눈치는 빠르다. 먹는 것 주면 좋아하고 놀아 주면 즐거워한다. 서로 교감을 맞춰 가는 코드가 일치할 때 사람과 개의 관계를 넘어 가족의 정을 느끼게 된다. 이름도 가족 공모를 거쳐 선정했다. '여씨' 성을 따서 우리 집 막내라며 여름이라고 지었다. 이름이라는 것은 참 묘하다. 부르고 부르다 보면 더 애정이 가게 된다. 아마도 그 이름(여씨 성이 결합된) 안에 동질감이라는 연대의 단어가 숨겨져 있나 보다.

아내는 없고 설거지거리만 가득하다. 저걸 언제 해야 하지? 나가면서 '설거지'라는 단어 한 마디 훅 던져 주고 갔다. 던지면 되받아쳐야 하는데 무조건 잘 받는 것에 익숙해져 있다. 설거지라는 단어가 화살처럼 훅 날아와 박혔다. 먹을거리는 없는데 치울 거리만 남았다. 아내는 친목모임에서 기쁨을 노래하며 배부르게 먹을 것이고, 나는 슬픔을 공부하다 허기진 배고픔에 여기저기 뒤적이다 결국 고무장갑을 끼게 될 것이다.

미끄러운 세재와 거칠한 고무장갑의 만남에서 부부의 모습을 찾게 된다. 세제는 아내, 고무장갑은 남편의 느낌이 든다. 둘은 더러운 것을 깨끗하게 해야 하는 소명이 있다. 일반 그릇은 차가운 물로 가능하지만 기름기 농후한 그릇은 따뜻한 물로 해야 잘 지워진다. 부부의 모습도 설거지를 하는 과정과 비슷하다. 먹고 살기 위해 음식을 준비하지만 먹은 이후 깨끗하게 처리하는 과정이 함께 필요하다. 부부는 이렇게 무언가를 함께 만들고 함께 치우는 과정의 연속이다. 이 치우는 과정이 차가운 물로만 가능했는데 이제는 따뜻한 물이 필요할 때가 많아졌다.

처음엔 서로 다른 삶의 모습에 호기심을 가지게 된다. 그 호기심에 한 발짝 다가가며 사랑이라는 마법에 이끌리지만, 시간이 지나면서 서로의 필요(?)에 의해서 함께 연대하게 된다. 이런 연대가 나쁜 것은 아니다. 기본적으로 사랑이라는 초가 녹아 함께 눌어붙어 있는 끈끈함이 있기 때문이다. 그 초에는 작은 초가 여럿 주변에 함께 있다. 촛농이 녹아 작은 초로 세워지고 있는 것이다. 작은 초를 통해 함께 연대하는 것이 가족이다. 그 초가 잘 세워지도록 하는 것이 가족의 힘이다.

아내는 여전히 없다. 언제 돌아올지 모르겠다. 다만, 반드시 돌아온다는 사실은 알고 있다. 그만한 신뢰와 애정은 끈끈하게 눌어붙어 있는 촛농만큼 잘 쌓여 있다. 아내가 돌아오기 전 반드시 해야 될 소명이 남아 있다. 아내가 막 던진 한 단어, '설거지'. 이제는 설거지 타임이다. 더 늦기 전에, 임무를 완수해야 한다. 그게 지금 이 순간 나에게 주어진 가장 중요한 책무이고 의무이다. 곧 내가 살아가는 나의 삶이다.

아빠랑 단둘이 있어 좋아요

딸과의 여행

마음과 마음이 맞닿는 순간
콘크리트 장막에
숲속 작은 오솔길이 열렸다

회복과 쉼
위안과 평안의 손을 마주 잡고
더 깊은 사랑의 길로 접어들었다

이제는
숲속 작은 오솔길이
사랑의 통로가 되는 일만 남았다

빠르게보다는 느리게
두 발짝보다는 한 발짝
딸보다
내가 먼저
다가서련다.

– 충주, 깊은 산 속 옹달샘에서 –

아침편지로 유명한 고도원 작가가 운영하는 '깊은 산 속 옹달샘'에 다녀왔다. 고3 중간고사가 끝나고 지친 딸과 삶의 무력함에 지친 아빠가 함께했다. 시험을 끝낸 딸을 태우기 위해 학교 주차장에서 기다렸다. 학생들의 재잘거림과 자동차 소음이 불협화음을 넘어 조화로운 소리를 만든다.

삶이란 의외로 단순하다. 어떤 소리에 치중하느냐에 따라 삶의 질이 달라진다. 화엄경의 핵심은 '일체유심조(一切唯心造)'라 한다. 세상은 마음먹기에 따라 달라진다고. 삶에 지쳐, 잠깐 떠나기 위해 주차장에 서 있지만, 학생들의 재잘거림에 왠지 모를 기운을 차리게 된다. 시험 끝난 홀가분한 이들의 목소리에 밝은 에너지가 실렸나 보다. 무거운 가방을 짊어진 딸이 시야에 들어왔다. 친구와 헤어지며 맑게 웃는 모습이 좋아 보인다. 다소 지친 모습이지만 얼굴엔 시험을 끝냈다는 시원함이 묻어 있다.

"아빠, 많이 기다렸어요?"

"아니. 금방 왔다."

"우리 어디로 가요?

"충주에 있는 옹달샘."

"옹달샘?"

"아빠가 좋아하는 분이 운영하는 휴식과 쉼을 위한 공간이다. 식사할 때 종을 치면 밥 먹다 잠깐 멈춰야 해."

"왜요? 종은 왜 치고 밥 먹다 왜 멈춰요?"

"너무 앞만 보고 달린다고, 잠깐 쉬는 여유를 가지라는 의미야."

"아, 네. 아무래도 좋아요. 떠난다는 게!"

집에 들러서 옷가지를 챙기고 출발했다. 2시간 정도의 거리지만 둘만의 오붓한 여행이다. 딸의 재잘거림에는 그침이 없다. 심심하지 않아 좋고 딸의 생각을 들을 수 있어 좋다. 가끔 충고와 조언의 말을 하게 되는데, 이날만큼은 그 자체도 멈췄다. 내 말이 아니라 딸의 말만 듣고 싶었다. 끊임없는 재잘거림에 시간 가는 줄 몰랐다. 말이 끊어지기도 전에 벌써 도착했다.

이곳은 아내랑 와 본 곳이기에 낯설지 않다. 주변을 둘러보고 숙소로 들어섰다. 딸은 아담한 방 공간에 만족했고 옷을 갈아입더니 어느새 조용해졌다. 눈꺼풀이 두꺼워 보이더니 이불을 베개 삼아 잠이 들었다. 쉬지 않고 이야기하더니 힘들었나 보다.

며칠간 시험 스트레스와 함께 운전하는 아빠 옆에서 잠들면 안 된다고 생각했다. 그래서 더 재잘거리며 잠의 유혹을 이겨 낸 것이란 걸 나중에 알았다. 생각의 깊이가 나보다 깊다. 이래서 맏딸인가? 막내인 나는 모르겠다.

코 골며 잠자는 딸을 두고 밖으로 나왔다. 이제는 조용히 나만의 시간을 즐긴다. 화창한 날씨에 맑은 공기가 마음을 풍요롭게 만든다. 이 풍요는 혼자가 아니라 딸과 함께이기에 가능하다. 누군가 나와 동행하고 있다는 것에 위안과 평안을 느끼게 된다.

이곳 음식은 정갈하다. 직접 재배한 농산물과 건강식 위주의 식단이 세상에 쌓인 노폐물을 걸러 주는 필터 역할을 한다. 거부하지 않고 맛있게 먹는 딸을 보며 감사했다. 식사 후 커피 한 잔의 여유로움이 어둠을 편안하게 맞이하게 한다. 릴렉스 체어에 누우니 밤하늘이 내 안에 들어선다. 자연의 위대함에는 말이 필요 없다. 그냥 바라보는 것만으로도 지친 영혼이 치유의 비타민을 마시는 느낌이다.

"딸, 여기 어떠니?"
"너무 좋아요."
"뭐가 좋으니?"
"홀가분한 마음도 들지만, 아빠랑 단둘이 있어서 더 좋아요."

할 말이 없어졌다. 평소 근엄한 표정이 내 얼굴이다. 얼굴에 미소를 지어도, 웃는 게 웃는 게 아닌 얼굴이다. 또한, 살갑고 정 깊게 반응하지 못한다. 훈육과 지적질이 생활이 된 내 모습을 알기에 딸의 이 한마디 "아빠랑 단둘이 있어서 더 좋아요."라는 말에 뭉클해졌다. 깊은 옹달샘에서 잔잔한 울림을 받았다. 표현 한마디가 이렇게 중요한데 그 말 한마디 따뜻하게 못 해 주는 나를 보며 '참 못났다'는 생각을 하게 된다. 지금 보는 밤하늘처럼 주어진 앞날이 깜깜할 수 있다. 하지만 그 속에도 언제나 빛나는 별들이 있고 그 별들이 어둠을 밝혀 준다. 딸! 너는 언제나 빛나는 별이 되었으면 좋겠다. 세상을 환하게 밝혀 주는 역할도 하지만 너 자신이 스스로 빛나는 별이 되어라. 그게 아빠의 바람이다.

3

독서가 필요해

김혜중

내 인생의 반전은 어디서부터 시작되었을까?

돌아보면 40세가 되던 해 '난 50대가 되면 꼭 책을 써 볼 거야'라고 호기롭게 말했던 기억이 난다. 무슨 배짱으로 그리 말했을까? 잠시라도 짬이 날라치면 독서에 빠져 있던 10대와 20대를 지나, 육아와 일을 병행하자 일에 필요한 책만 듬성듬성 읽는 시간으로 흘렀다. 1년 동안 책 한 권을 읽지 못하고 지나간 시간을 돌이켜보면 족히 10년 이상이 흘렀다.

그래도 어쩌다 아이들 부탁으로 도서관에 들른다던지, 사람 기다리다가 짬을 때울 길 없어 근처 서점에 들어가 책을 뒤적거리고 있노라면, 책을 외면하고 산 시간에 대한 죄책감과 독서가 가져다주는 감정이 그리웠다.

그리움의 끝에서 열심히 찾아낸 독서모임은 〈책에 나를 바치다 – 책바침〉이다. 독서모임 글쓰기를 통해 공저의 저자가 되는 영광이 내게 온다면, 내가 단박에 떠올릴 선생님이 계시다. 지루하고 생각 없이 지내던 산골소녀의 삶이었던 내 인생에 전환점을 주신 분은 장정숙 선생님, 언제나 그리운 이름이다. 나를 책의 길로 이끌어 준 초등 담임이셨고, 엄마와 함께 내 인생에 가장 많은 영향을 주신 분이다.

충북선 기찻길을 가로질러 깊지 않은 산골마을에서 태어난 나는, 학교보다 집에 남아 엄마의 농사일을 덜어 드리는 게 좋았다. 그때는 지금처럼 어린이 교육과 인격을 법으로라도 정해서 제도화하던 시절이 아니었다. 15명 남짓 4대가 살았던 우리 집은 그야말로 대가족이었다. 농사일에 바쁜 엄마는 입학식에도 소풍에도 오시질 못하였다. 위로는 증조부님부터 4대 아래인 나와 형제들까지, 식구 한 명이 안 보여도 쉽게 눈에 띄지 않았고 결석을 한들 크게 꾸짖지 않으셨다. 먹고사는 일이 더 급했으니까.

많이 엄하셨던 부모님이었지만, 학교에 대한 의지가 없던 나에게 '내일은 꼭 학교에 가야 한다'라고 타이르시는 것으로 1년에 두세 번 있는 결석에 대한 갈무리를 하셨다. 결석이나 불성실이 용납되지 않는 우리 집 문화에서 아프지 않은데 결석을 한다는 것은 흔한 일이 아니다. 가족 중에서 특별히 잘하는 것도 없고, 공부도 매우 못했으며 싹싹함도 없었던 나는 그저 식구의 일원일 뿐이었다.

그렇게 3학년까지 겨우 마쳤다. 그때까지의 나의 학교생활은 나머지 공부, 숙제 안 해서 손바닥 맞기, 앞에 나와 손들고 수업 시간 내내 벌 받기 등등 학교가 재미있을 일이 절대로 없을 상황이었다.

그렇게 맞이한 4학년, 담임선생님으로 만난 장정숙 선생님. 종례 시간이면 늘 5분 정도(실제 5분이었는지는 모르겠음) 조금씩 전날의 이야기에 이어 동화책의 내용을 들려 주셨다. 한 권의 이야기가 몇 주 혹은 한 달 가량에 걸친 긴 호흡으로 진행되었다.

선생님이 소개해 주신 첫 번째 책은 『로빈슨 크루소』이다. 무인도에 불시착하게 된 로빈슨 크루소가 겪은 이야기를 들으며 나는 상상의 나래를 폈다. 그때까지 내가 태어난 마을과 학교 이외의 공간을 가보지 않았고, 대부분의 아이들도 그러했다. 그 시절 우리는 '섬'이 무엇인지도 몰랐다. 때문에 선생님이 칠판에 백묵으로 그려주신 섬과 야자나무를 보며 신기하고 몽환적인 느낌에 빠져 들었다. 칠판의 그림을 보며 귀로 듣는 이야기는 학교에 뜻이 없던 나의 결석문제를 해결해 주는 명약이었다.

그렇게 한 권 들려 주기가 끝나고 하신 선생님의 말씀이 내 변화의 시작이 되었다.

"얘들아, 로빈슨 크루소는 끝났어. 이야기를 더 듣고 싶니?"

"(아쉬움이 가득한 목소리로) 네에~ 또 해 주세요"

"교실 뒤편 도서실에 가 본 사람 손 들어 볼래? 그곳에 가면 선생님이 읽어 준 책보다 열 배 이상 재밌는 이야기책이 많이 있단다."

이 한마디에 나는 책에 빠졌고, 방과 후 시간 가는 줄 몰랐다. 아침에 일어나면 학교에 빨리 가고 싶어 하기까지 했다. 선생님께 혼나거나 맞아도 아픔을 못 느꼈다. 학교에서 집까지는 4km가 넘는 거리였다. 어둑해지도록 책을 읽고 도서실 폐점을 할 때 집으로 향했다. 신작로라고 불리던 38번 국도를 지나, 충북선 철도 건널목을 건너 조금 걷다 보면 백 년 묵은 여우가 소복을 입고 나온다는 전설의 동산을 지나야 했다. 어른들도 밤에 이 동산을 혼자 지나가려면 머리카락이 쭈뼛 서고 오금이 저린다고들 했다. 용케 여우 동산을 무사히 지나고 나면 또 다른 고민의 시작이었다. 그 고민은 식구들의 지청구와 잔소리를 어떻게 들을 것인지였다.

그 당시 우리 집은 고유한 규칙과 문화가 있었다. 위로는 증조할아버지부터 아래로 막냇동생까지 각자 자기의 일을 해야 했다. 나와 동생들은 매일 저녁 집안 전체를 나누어 청소하는 일이었다. 안방에서부터 건넛방, 사랑방에 이르기까지 쓸기와 닦기 담당을 나누어 해야 했고, 심지어 마당 쓸기와 마당 가장자리 풀 뽑기도 매일 해야 했다. 이런 역할이 있었음에도 해가 뉘엿뉘엿 저물어 가도록 집에 오지 않았으니, 나로 인해 청소의 양이 늘어났던 형제들의 지청구는 당연한 것이었다. 들을 땐 자존심도 살짝 상해서 '내일은 도서실을 들르지 말아야지'하고 결심해도, 수업이 끝나면 어느새 그 마음은 저 멀리 달아나 버렸다.

책 속의 인물 중에서 나에게 가장 많은 꿈과 용기를 주었던 『빨강머리 앤』, 『작은 아씨들』, 『제인 에어』, 『정글 북』, 『톰 소여의 모험』 등 소설 속 인물과 만나며 마음속의 친구를 만들었다. 이런 자극은 비로소 나에게 자아가 생기는 계기를 주었고 마음의 결기도 생기게 했다.

그렇게 책읽기에 빠진 지 두어 달이 지나서였다. 당시에는 '일제고사'라는 일종의 월말고사가 있어서 매달 한 번씩 시험을 보았다. 내가 태어난 1965년은 전후 베이비 붐 세대여서 한 학급의 학생 수가 70명이 넘었던 걸로 기억한다. 그때까지 내가 기억하는 나의 성적은 68등, 67등 정도였고, 시험 성적을 교실 뒤에 게시하면 내 눈은 자연스레 뒤의 등수에 머물곤 했다.

그랬던 내가 4학년이 되어 책읽기에 빠진 지 두어 달이 지나는 일제고사에서 학급순위 4등을 했다. 수업 시간 외에 내가 무얼 한 것이라고는 없었는데도, 교과서 내용이 술술 그냥 저절로 이해되었다. 일단은 내가 제일 놀라고 선생님도 놀라셨다. 선생님께서는 아주 조심스럽게 커닝의 유무를 물으셨던 기억이 있고, 어린 나이에도 '그런 생각을 하실 수 있겠구나'라고 여겨졌을 만큼 하나의 사건이었다. 4등이 내게는 천지개벽에 가까운 인생 최초의 경험이자 반전이었다. 그 후로도 책읽기는 계속되었고, 성적은 학급순위 2등까지 올라가며 쭉 상위에 머물렀다.

꿈 같던 4학년을 지나 담임이 바뀐 5학년이 된 나는 책읽기와 성적의 정체기를 겪었다. 내 인생 두 번째 행운은 6학년 담임으로 장정숙 선생님이 또 되신 거였다. 뛸 듯이 기쁘다는 말의 뜻을 그때 알았다.

선생님이 내게 주신 선물은 책읽기 외에 한 가지가 더 있다. 글쓰기!

그때는 1주일에 한 번 특별활동을 선택해서 그룹 활동을 했었다. 선생님의 담당은 글쓰기(동시)반이었고, 나는 당연히 선생님이 담당하는 글쓰기 반을 선택했다. 만약 선생님이 풀 뽑기 청소 담당이셨어도 나는 선생님을 따라 선택했을 것이다.

활동은 동시를 읽고 동시 짓기도 하며 선생님의 코멘트를 듣는 것의 반복으로 진행되었다. 내가 지었던 동시 〈구름〉에 관한 에피소드는 지금도 기억난다. 마지막 구절에 '구름은 요술쟁이인가 봐'라고 썼는데, 이것은 다른 친구의 동시를 보고 베껴 쓴 것이었다. 선생님은 그 사실을 아셨을 듯했지만 '재미있는 표현이구나, 열심히 써 봐, 다른 친구의 시도 응용해 보면 너만의 시가 된단다.'라며 말씀하셨다. 들킬까봐 조마조마하던 내게 선생님의 말씀은 마치 '너의 죄를 사하노라'라는 말로 들렸다. 지금 생각해 봐도 그 시절에는 흔치 않았던 소통과 공감이지 않았나 싶다. 이 외에도 선생님은 '무얼 하든지 꾸준히 해야 한다'라는 등의 많은 교훈을 주셨다.

살아온 시간을 추억해 보면 인생에 중요했던 순간들이 떠오른다. 내 인생의 전환점은 선생님을 만나고부터 시작되었다고 늘 생각한다. 선생님을 통해 책을 만나고, 책 속 주인공들의 생각을 나에 대입해 보며 성장했다. 또한 생각이라는 게 생기고 내가 누구인지에 대한 개념도 생겼다.

어린 시절 이런 경험으로 인해 나는 자녀에게도 독서 환경을 노출시켰다. '책벌레'라는 말을 듣던 큰아이와, 유독 자연, 생물에 관한 책에 관심이 많았던 작은아이가 20대 중반을 넘어섰다. 그들은 예전처럼 책에 관심을 가지지 않는다. 입시 교육과정을 거치는 동안 독서에 대한 흥미를 잃었다. 그러나 먼 시간을 돌아 책으로 다시 회귀한 나처럼, 나의 아이들도 오랜 친구였던 책으로 다시 돌아오길 소망한다. 책 속에 길이 있고 그 길에 답을 찾을 수 있는 지혜가 있으리니….

몇 년 전부터 선생님을 찾고 싶어 교육청에 문의해 보았지만, 어디에서도 선생님을 찾을 수 없다. 혹시라도 선생님이, 아니면 선생님의 지인이라도 이 글을 볼 수 있기를 소망해 본다. 다시 만나게 된다면 내가 성장할 수 있었던 시작은 선생님 때문이었노라고 감사를 드리고 싶다.

고마워요, 선생님.

라디오는 내 친구

내성적: 자신의 관심이 외부 상황이나 타인에게 향하기보다는, 자신 내부
에 있는 생각과 감정 등으로 향하며 내부에서 에너지를 얻는 성향

나는 일반적으로 내성적이다. 그러나 칼 융의 심리학에 대입해 보면, 나는 내성적이나 외향적 면이 추가되어 있다. 소심하고 혼자 있는 걸 좋아하지만, 필요한 일이라고 여기는 것에는 적극적으로 집중하고 나의 의견도 서슴없이 표현한다. 나는 인생의 파고 앞에서 어느 날부터인가 성장이라는 단어를 붙들고 살아왔다. 그 과정에서 후천적으로 체득하고 사회화된 모습을 본 사람들은 나를 지극히 외향적이라 생각한다.

내가 지극히 내성적이었던 것이 선천적 성향인지 후천적 환경 영향인지에 대해서는 스스로 고찰해 볼 필요가 있기는 하다. 둘 다이지 않을까?

4대가 살던, 이른바 큰집에 속하는 우리 집에는 관혼상제가 끊이지 않았다. 그 당시야 내가 다른 집의 상황을 몰랐으니, 원래 모든 집이 그런 줄만 알았다. 기제사 때도 그렇지만, 명절에 하는 떡이나 음식의 양도 어마어마했다. 명절이면 부침, 송편, 만두 등의 음식을 팀으로 나누어 집안의 여자들이 모여 앉아 며칠을 일했다. 음식을 만들며 동네이야기, 건넛마을 이야기, 농사 이야기, 집안 어르신 이야기 등 이야기꽃을 피웠다.

나는 사람의 행동심리, 관계 심리 등에 관심이 많고, 나름 필요한 부분의 학습도 취한다. 사람을 보는 통찰력이 좀 있다는 소리도 종종 듣는다. 그럴 때 고개를 끄덕이는 이유는 어린 시절 어떤 상황을 접했을 때, 사람과 그 사람이 했던 행동의 인과관계를 나름 유추해 보던 버릇이 영향을 미쳤을 것이라 생각되기 때문이다. 물론 대가족 속에서 인간의 다양한 유형을 예비 학습했기 때문도 있으리라.

박완서의 성장소설『그 많던 싱아는 누가 다 먹었을까?』, 10번 아니, 20번도 더 읽은 책이다. 삶의 지난한 과정들을 거치며 어떻게 할 것인가를 궁리하는 시기가 여러 번 있었다. 그런 시기에 어김없이 나를 위로해 주고 다시 해 보자는 용기를 준 것은, 자기계발책이나 이렇게 해 봐라 하는 권유와 파이팅이 담긴 책이 아니었다. 내가 실의에 빠져 있거나, 위로가 필요할 때 어김없이 나에게 내면의 위로를 주던 것은『그 많던 싱아는 누가 다 먹었을까?』였다. 이런 영향으로 내가 글을 쓸 수 있는 재주나 능력이 있다면, 인간이 성장하는 과정을 담은 그런 소설을 써 보고 싶다고 한때는 생각했다.

특히 주인공의 유년시절 기억은 나의 유년시절 기억과 닿아 있다. 주인공이 추억하는 유년시절의 기억과 생각이, 내가 차마 생각하고 표현하지 못해서 아쉬움으로 남아 있는 어린 시절을 대변하는 듯해서일까? 하지만 이 소설의 주인공과 많이 다른 점은, 내가 집안의 누구에게도 특별할 게 없었던, 있는 듯 없는 듯 조용한 존재였다는 점이다.

중학교 겨울방학으로 기억되는 일이다. 방학 내내 방콕하고 있던 내가 엄마는 보시기 좀 그랬는지 '친구 집에라도 놀러 갔다 와라, 너는 친구도 없니?'라고 하셨다. 당시엔 집이 특별히 좋았다기 보다 놀러 갈 집도 마땅치 않았고, 딱히 놀자고 청하기도 내 마음이 소극적이었다.

이보다 훨씬 어린 시절부터 내가 늘 듣던 말이 있다. '넌 왜 형제들을 안 닮았니? 다리 밑에서 주워 왔나 보다'였다. 지금도 이런 말을 하는 어른이 있다면 인격 모독감이겠지만, 그때에는 별 생각 없이 쓸 수 있는 인사말이었다.

실제 형제들에 비해 좀 달랐던 나는 '왜 나만 안 예쁠까? 키도 나만 작지? 나만 왜 얼굴도 뽀얗지 않을까?'라는 의문을 가졌다. 그때 내린 나의 결론은 '나는 정말 다리 밑에서 주워 왔구나'라고 생각했고, 자식사랑이 유난하셨던 엄마를 보고 감사한 마음이 들었다. '주워 온 자식인데도 이렇게 사랑해 주시는구나. 이담에 커서 엄마한테 보답해야지'라고 말이다. 초등 2학년이 지나서야 어른들이 그냥 하는 말인 줄 알았으니, 내가 순진했든지 멍청했든지 둘 중 하나일 듯하다. 지금도 우리 자매들은 내가 이 말을 하면 그만 좀 하라고 손사래를 친다. 하지만 이런 성장배경이 나의 내성적 성격을 가속화시켰겠구나 하는 생각이 든 건 청소년기 후반을 지나 청년기로 접어들 때였다.

'나는 못났어요, 나만 키가 작아요.'라고 투덜거리는 나를 보면 '너의 키가 딱 맞는 거야. 여자가 너무 크면 굽이 있는 예쁜 구두도 못 신는다. 엄마는 키가 커서 동네 아줌마들과 같이 걸으면 머리가 삐쭉 나오고 그게 속상하다' 하고 에둘러 나를 위로하셨다. 물론 엄마의 말씀이 하나도 위로가 안 된다는 건 마음으로 알았지만, 어쩔 수 없으니 그렇게라도 나의 마음을 토닥였다. 뭐 하나 내세울게 없다고 생각했던 나는, 튀지 않으려 내심 노력했고, '올바르게 바르게 착하게' 대충 이런 생각으로 살았던 것 같다. 안으로 안으로 점점 내향화가 깊어 갔고 이건 청년기가 오기까지 나의 정체성이자 살아가는 자세였다.

라디오는 내 친구다. 안으로 안으로 들어가던 내게, 라디오는 세상과의 교류를 이어 주던 선물이다. 책이 글자를 통해 내 정체성에 Who am I 라는 의문을 던졌다면, 라디오는 소리를 통해 다른 사람의 삶을 간접 체험하게 해 주었다.

내 기억에 남아 있는 첫 라디오 프로그램은 〈MBC 임국희의 여성싸롱〉이며 〈지금은 여성시대〉의 전신이다. 청취자가 보낸 편지사연을 읽어 주는 방식으로 지금도 이런 진행방식이 라디오의 주를 이루는 포맷이다. 라디오도 방마다 있기에는 넉넉지 않을 때라 안방에 하나, 사랑방 할아버지 방에 하나였으며, 다이얼로 주파수를 잘 맞추어 듣는 트랜지스터 라디오였다. 할아버지께서 농사에 쓰실 꺼치(짚을 엮어서 길게 만들어 농작물을 덮어주는 것)를 만들고 계시면 나는 윗목에서 라디오를 듣던 생각이 난다. '어쩜 그리도 고운 목소리로 재미나게 읽어 주실까'하는 마음과, 초등학교 저학년이었음에도 '사람의 삶이 비슷하구나' 하는 공감이 일어났던 기억이 있다.

고등학생이 되어 도회지 학교로 유학을 온 내게 라디오는 친구이자 위로였다. 〈별이 빛나는 밤에〉는 그 당시 청소년들의 워너비 방송이었다. 개그맨이었던 서세원 씨의 DJ시절 말미와 이후 DJ를 맡았던 가수 이문세 씨의 방송은 내 청소년기를 함께했다. 내성적이었던 나도 무슨 용기가 있었는지, 단풍잎을 말려 예쁘게 꾸민 엽서를 방송국에 보내기도 했었다. 내가 기억하는 한, 소녀감성을 가지고 했던 유일한 행동이지 않았나 싶다.

한편 내가 20대에 막 들어섰을 때 시작된 마이클 잭슨 바람은 너무도 대단했다. 열심히 소리 나는 대로 POP SONG의 가사를 한글로 적고 불렀다. 또한 이때의 우리나라 가요는 노랫말도 한 편의 시였다. 라디오를 통해 가요와 팝송을 많이 알게 된 나의 감성은 더욱 풍부해졌고, 반 친구들의 팝송에 대한 질문에 답을 준비하며 조금 적극적으로 변모했다. 노래에 재능이 있었던 나는 교내 합창대회 때 전교생들 앞에서 노래도 부르며 자존감이 올라가는 것도 느꼈다. 명절 때 친척들이 오면 부끄러워 건넛방에 숨어 밥 때도 흘려 버리던 내가 남들 앞에서 노래를 어떻게 했을까 하고 생각하면 지금도 의문이다.

20대 후반에 결혼한 나는 아이를 키우고 일을 병행하느라 라디오에서 아주 멀어져 갔다. 삶이 견디기 힘겨워졌을 때 나는 다시 라디오를 샀다. 그리고 마주한 방송이 〈SBS 이숙영의 파워FM〉(지금은 〈이숙영의 러브FM〉으로 바뀌었다.)이다. 나는 이숙영 씨의 25년이 넘어가는 팬이다. 긍정의 밝음으로 아침마다 만나다 보니, 어느새 내가 많이 위로받고 있다는 걸 알았다. 언젠가 라디오프로그램 청취자 인터뷰 코너에 연결되었는데, 용기를 준 시간에 대해 감사하고 감격했던 기억이 난다. 라디오가 내게 준 인생의 즐거운 추억이다.

지금도 아침에 일어나며 하는 일은 라디오를 켜는 일이다. 주방에서 가족들의 아침을 준비할 때에도 또 출근을 준비하는 화장대에서도 나의 라디오 듣기는 계속된다. 전날 벌어진 일과 오늘의 새로운 정보를, 나의 일에 어떻게 사용할 것인가 머릿속으로 구상하는 것이 아침 일상이 되었다. 또한 라디오는 정보 이외에도 메마르지 않을 감성을 공유해 준다.

“미디어는 세상을 바라보는 창이며, 중요한 것과 중요하지 않은 것을 가릴 줄 아는 눈을 만들어 준다.” 미디어 이론가이자 문화비평가인 마셜 맥루한(Marshall McLuhan)의 말이다. 요즘은 가짜뉴스, 팩트 점검이라는 단어가 쓰일 만큼 미디어가 공적인 부분을 뛰어넘어 개인화되어 간다. 때문에 진실에 대한 검증의 잣대가 필요하다는 여론도 충분히 형성되었다.

이처럼 내성적이기만 했던 내가 외향적인 부분이 추가된 나로 성장하는 과정에는, 라디오의 큰 역할이 있었다는 고백을 한다. 라디오에서 듣는 여러 인생의 모습과 다양한 정보가 나의 지평을 넓혀 주었으며, 나에게는 라디오가 세상을 바라보는 창이었음을 말하고 싶다. 그리하여 내성적이지만 필요에 따라서는 외향적인 사회적 성장도 했노라고.

오늘도 라디오와 함께 시작하는 하루.

청소가 좋아질 때

삼복더위 중에 냉장고가 멈췄다. 예고도 없었다. 하필 금요일 저녁, 서비스센터 업무가 종료된 시간이라 난감했다. 지인에게 전화했더니 '오래도 썼네, 멈출 때가 되었구먼' 하는 대답이 왔다. 엥겔지수가 높은 우리가족의 먹을거리를 12년간 신선하게 유지해 주었는데 고쳐서 쓰고 싶었다.

냉장고의 안전수명이 7년이라는 것과 부품보관이 9년이라는 것도 냉장고가 멈추고 나서야 알게 되었다. 토요일인 다음 날 아침 9시가 되기를 기다렸다가 재빠르게 전화를 했다. 서비스 신청 온 순서를 감안하고, 냉장고라는 특수상황까지 고려해도 가장 빠르게 받을 수 있는 건 다음 주 월요일 저녁이라 했다. 기사가 와도 부품이 필요한 사항이면 고칠 수 없으니, 그것은 감안하고 기다리란다. 남편은 바로 새것을 사는 게 낫지 않겠냐며 내 의견을 물었다. 월요일 서비스기사를 만난 후 구매 결정을 하기로 합의를 보고 각자가 할 일을 정했다.

남편은 재래시장으로 가 얼음덩이를 사고 원하는 크기로 잘라, 비닐에 싸서 냉동실 냉장실에 분리해 넣었다. 나는 집에 있는 모든 아이스 팩을 가지고 사무실 냉동실에 넣고 얼려서 고장 난 냉장고에 냉기를 유지해 주었다. 3일간의 힘겨운 노력에도 냉기가 떨어지니 주방바닥으로 흘러내리는 물의 양은 늘어갔고, 밖에서 내리는 비까지…. 그렇게 우리 집은 축축해져 갔다. 이런 시간을 버틴 후 기다렸던 월요일, 서비스 기사로부터 들은 결론은 회생 불가능이었다. 연말 새집에 입주할 때까지 쓰고 싶었는데….

냉장고 구입을 결정하고 결제를 했다. 2개의 가전 브랜드 모두 배송이 1주일 이상 밀려 있단다. 이틀 후 배달이 가능하다는 유일한 모델로 결정했다. 가전제품 디자인에 크게 까다롭지 않은 내가 다행이다 싶었다. 이틀 후 새 냉장고가 들어오고, 그간의 노력에도 냉장고의 음식들은 미지근한 온도로 되어 있었다.

문득 '인간관계도 미지근해졌을 때 헤어지는 게 아쉬움도 없겠구나.'라는 생각이 들었다. 늘 사용하던 냉장고인데도 이런 재료도 있었나 하는 물건부터, 버리는 게 아까웠는지 정체를 알 수 없는 가루들이 지퍼백에 담겨 있었다. 이번 참에 버릴 것과 남길 것을 구분하고 싶었다. 남긴 재료 중에 바로 음식으로 전환이 가능한 것은, 얼른 음식으로 완성해 먹었다. 미니멀한 생활을 하고 싶다는 생각에 과감히 냉장고의 재료 정리에 들어갔다.

어느 날은 옷장과 신발장을 하나씩 들여다보았다. 신발장의 2/3가 내 신발이었고 옷장 또한 상황은 같았다. 결혼 후 5년이 지나서부터 25년이 가까워지도록 사회생활을 하는 나의 물건이 많은 건 당연할 수 있다. 매일 아침 남들 앞에서 1시간의 조회 겸 강의를 하는 내가 직업상 예의를 갖추어야 할 의복과 구두는 꼭 필요했을 것이다. 또 나이 50세가 넘어가며 감추어야 할 신체의 변화에 맞추느라 옷도 늘어났을 테고…. 그래도 많았다. 그런데도 해마다 철이 바뀔 때면 입을 게 없다는 생각은 늘 같았다. 그런 기분 때문에라도 구입을 했을 것이다.

그랬던 나의 생각이 바뀐 것이 몇 개월 전이었다. 쇼핑 자체도 어쩌다 꼭 필요한 소모품 사는 것으로 대체했다. 버리기에 너무 아까운 옷과 신발은 맞는 이에게 나눔하고, 그 외의 것들은 열심히 분리수거를 했다. 청소보다 주방에서 음식 하는 걸 좋아하던 나였는데, 청소가 점점 좋아지고 재미있어진다.

청소를 하고 걸레를 빨아 햇볕 가득한 베란다에 널어 바라볼 때면 마음이 많이 가벼워진다. 깨끗해진 공간을 바라보고 앉아 차를 마시거나 과일을 한입 베어 물면 내 자신이 정화된 느낌이다. 마음에 공간을 만들어 주니 여유도 생기는 듯하고 더없이 좋았다. 이젠 쇼핑을 하는 것도 무얼 사다가 들여놓는 것도 다 시들하고 재미가 없어졌다. 그런 마음은 왜 들었을까?

패션과 힐링이 결합된 새로운 직업을 탄생시킨 패션 힐러 최유리 씨는, “돈이 생기면 옷을 샀고 옷을 많이 사면 행복할 줄 알았어요. 그런데 아니더라고요. 옷장은 터져 나갈 것 같은데 그럴수록 점점 더 불행해졌어요”라고 어느 인터뷰에서 말했다. 내가 최유리 씨와 같이 옷장 터져나가게 쇼핑을 하지는 않았지만, 그녀가 말한 맥락은 공감이 간다. 그가 쓴 책 제목이 『샤넬 백을 버린 날, 새로운 삶이 시작됐다』라니….고개가 끄덕여진다.

일본의 청소력 연구회 대표인 마쓰다 미쓰히로는 그의 저서 『행복한 자장(磁場)을 만드는 힘! 청소력』에서 청소의 위대한 발견을 이렇게 얘기한다.

“쓰레기나 잡동사니 같은 오래된 것이나 불필요한 것은 그 자체가 마이너스 에너지를 발산합니다. 버린다는 행위는 새로운 자신이 되기 위해서 불필요한 요소를 버려나간다는 것입니다. 버리지 않으면 새로운 것도, 새로운 운명도 오지 않습니다.”

『청소력』에서 그는 ‘버리는 시점’은 세 가지가 있다고 말한다.

현재, 과거, 미래의 시점으로부터 새롭게 태어나려 하는 것을 방해하는 마이너스 에너지를 제거합니다.

1) 현재: “매일매일 생활 속에서 당신의 에너지를 빼앗는 것을 버린다. - 마음에 나쁜 영향을 주는 모든 것을 버립시다.”

2) 과거: “과거의 깊은 생각을 버린다. - 특히 버리기 힘든 것이 과

거의 영광입니다. 마음먹고 과감히 버리십시오."

3) 미래: "미래에 대한 기대와 불안을 버린다. - '미래를 위해 언젠가는 필요할거야' 라는 생각으로 모아 놓은 불필요한 것들을 버리십시오. 이런 것들은 당신의 미래에 대한 기대와 미래에 대한 불안을 나타내는 것입니다. 용기 내어 과감히 버려야 합니다."

청소를 함으로써 비움의 공간이 확보되어 있어야 다른 것이 들어올 수 있다.

청소와 정리를 하는 과정에서 깨닫는 또 한 가지는 우리가 빌려 쓰고 있는 지구에 대한 미안함이다. 미세먼지 이야기, 바다 속 미세플라스틱 이야기, 날씨 이야기 등은 꼭 지구의 환경문제로 귀결된다. 청소보다 앞서는 것은 필요한 것에 대한 구매와 소비임을 스스로에게도 주지시켜 본다.

문을 열어 보니 새 냉장고는 시원한 냉기가 잘 돌고 있다. 무엇을 넣었는지 알아볼 수 있게 정리된 내부는 더욱 신선함을 느끼게 한다. 냉기 보존의 전쟁을 치르는 며칠 동안 평상시의 일상이 주는 감사함도 다시 깊이 느꼈다. 신선도 유지와 위생의 관점으로 탄생했을 냉장고였을 텐데 '언젠가 필요하겠지? 번들에 묶여 조금 더 저렴할 거야'라는 뇌의 착각에 대량구매로 이어진 물건들을 저장해 놓는 도구가 되어 버린 점도 있었을 테고….

난 이런 행동을 졸업하는 중이다.

이 마음의 유지를 위해 꾸준히 노력하련다.

미니멀 라이프와 비움의 공간을 즐기고 싶은 내 마음을 위해.

의식적인 연습이 주는 몰입에 대하여

쿵쿵따 쿵쿵따 쿵쿵따 쿵따!

쿵쿵따 쿵쿵따 쿵쿵따 쿵따!

덩 덩 덩덩 얼쑤~

덩 덩 덩 덩 덩덩 좋다~

더엉 더엉 덩 따쿵따 구궁따 궁

덩~~따 쿵 따 쿵 따

지난해 봄부터 나는 일요일 저녁마다 장구 배우기 수업에 참여하고 있다. 평소 공연관람 마니아인 나는 서양음악뿐만 아니라 국악 공연 역시 자주 가는 편이다. 때문에 빨리 배울 수 있지 않겠나 하는 은근한 기대가 있었다. 그러나 보는 것과 내가 직접 하는 것의 차이를 여실히 경험했다. 굳은 어깨는 로봇 모양의 팔로 움직였다. 왼쪽의 궁편과 오른쪽의 채편을 따로따로 쳐야 할 때는 머리로 아는 것과 손동작이 따로 노는 것에 난감해졌다. 더구나 같이 배우는 다른 세 분은 이미 1년의 학습기간을 거쳤기에 그들만의 수준을 유지하고 있었고 나는 마음이 바빠졌다.

평일 동안은 나의 업무에 푹 빠져 살다가, 일요일 오후 다시 만나게 되는 장구의 실력은 좀처럼 나아지지 않았다. 베테랑이신 선생님은 초보인 나를 당연 배려해 주셨다. 하지만 일을 하거나 무얼 배울 때 전체 흐름을 중요시하는 내겐, 실제로 가 보지 않은 길의 모습을 보고 싶어 하는 답답한 시간이었다. 이건 타인과의 경쟁이 아닌 내 안의 답답함이었다. '무얼 얼마나 배웠다고 이런 조급함을 가지나'라고 여길 수 있겠으나, 얼른 장구의 재미를 느끼고 싶어 하는 마음이었다고 에둘러 표현하고 싶다.

장구 수업을 받던 어느 봄날 선생님의 공연을 갔다. 안성 남사당 상설마당에서 열리는 2시간 남짓의 공연은 타악기가 내는 합주의 매력을 깊이 느낄 수 있게 해 주었다. 상모를 돌리며 열을 맞추어 진행하는 대목은 몽환적인 모습이었고, 줄타기가 가슴을 졸이었다가 안도의 탄성도 지르게 했다. 특히 깊은 몰입감을 가지고 볼 수 있게 해 준 선생님의 장구 가락과 몸짓은 남다름을 느낄 수 있었다.

『1만 시간의 법칙』이라는 책과 말이 있다. 어떤 분야의 전문가가 되려면 최소한 1만 시간 정도의 훈련이 필요하다는 법칙이다. 1만 시간은 매일 3시간씩 훈련할 경우 약 10년, 하루 10시간씩 투자할 경우 3년이 걸린다는 이야기다. 1993년 미국 콜로라도 대학교의 심리학자 안데르스 에릭슨이 발표한 논문에 처음 등장한 개념이다. 그는 세계적인 바이올린 연주자와 아마추어의 실력차이는 대부분 연주 시간에서 비롯된 것이며, 우수 집단의 연습시간은 1만 시간 이상이었다고 주장했다.

나는 고작 몇 번의 연습에 한판 놀아 보고 싶은 마음이 앞서 있던 것일까? 하는 질문을 해 보았다. 왼손 오른손 따로 쓰는 것도 헤매고 있는데 거기에 발장단과 상모까지 돌리며 합주를 하고 있는 남사당 단원들이 대단하게 느껴졌다. 그들의 시간은 1만 시간을 훨씬 넘었을 테니 말이다. 나의 장구는 초보 취미의 걸음마로 시간이 흘렀다.

또 그렇게 여름이 지나고 가을 향기를 느낄 무렵 우리 모두의 실력이 나아질 기회가 생겼다. 안성 바우덕이 축제에 참가할 기회가 생긴 것이다. 축제 기간 중 시민 단체를 대상으로 경연을 벌인단다. 참가한다는 소식에 '내가 벌써? 나 때문에 팀을 망치면 어쩌지?' 하는 마음이 교차되었다. 그때부터 수업이 끝난 후 장구를 가지고 가서 연습해 오기로 마음먹었다. 휴일이면 텅 빈 사무실의 커다란 거울 앞에 장구를 놓고 반복적 연습을 했다. 특히 오른손 채편을 치는 손 모양을 유심히 보며 연습했다. "장구는 머리로 치는 게 아니라 몸의 기억으로 치는 것이다"는 첫 수업 때 선생님의 말을 기억하며 같은 동작을 반복 또 반복했다.

그런 연습과정에서 내가 알게 된 건 의식적인 연습(채편)을 통해 몰입의 과정(장구의 연주)으로 갈 수 있다는 것을 느껴 본 것이다.

앤젤라 더크워스(Angela duck worth)가 쓴 『GRIT』이란 책은 의식적인 연습과 몰입에 대해 이렇게 말한다.

완전한 집중으로 '몸이 저절로 움직이는 느낌'에 이르는 것이 몰입을 경험한다는 것이다. 이 책에 인용된 칙센트 미하이의 몰입은 고난도의 과제를 수행하고 있지만 '생각할 필요도 없이 수월하게 그냥 실행되는 느낌' '무언가에 흠뻑 빠져 있는 상태'라고 한다. 몰입은 '노력이 필요 없는 상태'를 가리키기 때문이다. 몰입은 과제와 기술이 엇비슷할 때 주로 경험한다고 한다.

몰입 이전에 행해지는 것이 의식적인 연습이다. 의식적인 연습은 준비과정으로서 행동에 해당되며, 몰입은 실행과정으로서 느낌에 해당한다고 한다. 『GRIT』에 서술되어 있는 안데르스 에릭슨의 '의식적인 연습을 100% 활용하는 법'을 소개한다.

첫째, 과학적 원리를 이해한다.

- 명료하게 진술된 도전적 목표
- 완벽한 집중과 노력
- 즉각적이고 유용한 피드백
- 반성과 개선을 동반한 반복

둘째, 연습을 습관화하라.

– 같은 장소, 같은 시간에 연습하는 습관

– 어려운 일을 할 때는 일과로 만드는 것이 뜻밖의 비법

셋째, 연습을 경험하는 방식을 바꾸어라.

– 판단을 배제하고 그 순간의 자기 모습 그대로 인식하는 것

– 도전을 즐기는 데 방해가 되는 판단에서 자신을 해방시키는 것

이런 수 회에 걸친 연습 끝에 맞이한 수업은 느낌이 달랐다. 개인적 연습과정을 통해 나는 드디어 악보를 다 외우게 되었고 채편에 어느 정도 자신이 붙었다. 소리가 달라졌고 내 마음도 장구 소리에 뛰놀았다. 몰입이 되었고 신났다. 의식적인 연습과정이 몰입을 느낄 수 있게 해 주었다. 그리고 몇 번의 리허설을 거치며, 합주가 만들어 주는 소리를 듣고 기뻐하며 대회를 준비했다.

매스컴에서는 아프리카 돼지열병이 북쪽에서부터 아래쪽으로 내려오고 있다는 뉴스를 연일 전한다. 혹시나 하고 품었던 마음은 역시로 귀결되었다. 축제가 취소되니 경연대회도 취소되었다. 대회를 앞두고 모든 개인적 일정을 미루었던 팀원 전체가 아쉬워했다. 일주일에 3번으로 연습을 늘렸던 2주 동안, 우리 모두는 몰입을 경험하며 상승의 열기를 나누고 있던 터였으니 당연한 마음이겠다. 비록 장구 경연대회는 취소되었지만 특정 날짜에 시험이나 겨루기가 왜 필요한 건지에 대한 공감을 다시 한번

하게 되었다. 공연을 준비하는 계기가 아니었다면 의식적인 장구연습을 통한 몰입의 연주가 주는 즐거움을 맛볼 수 없었을 테니 말이다.

결혼을 하고 처음 김치를 담았을 때의 기억이 떠오른다. 대부분의 한국 음식이 계량화와 덜 어울리는 모습이지만, 가정에서 만들 때는 더 그러하다. 배추를 소금에 어느 정도 절여야 할지, 고춧가루 등의 양념은 어느 정도 넣을지, 김치를 담고 나서는 얼마만큼 숙성을 시켜야 할지 등등의 고민을 한다. 요리책을 펼쳐놓고 cm에 맞추어 재료를 손질하고, 계량컵으로 양념을 맞추어도 본다. 정확도에 맞춘 경험을 여러 번 하고 나서야 눈대중이란 게 생기면서 손에서 느껴지는 부피와 무게감, 눈으로 하는 어림만으로도 충분해지는 시간이 온다. 그때서야 의식적인 계량을 했을 때와는 다른, 자신감이 주는 몰입의 손맛을 드디어 경험한다.

삶에서 얻은 것의 대부분은 이런 몰입 후에 얻어지는 결과물들이었다.

100세 시대 당신의 건강은 안녕하십니까?

안녕: 아무 탈 없이 편안함

건강: WHO는 건강을 "단순히 질병이나 허약함이 없는 상태가 아니라 신체적, 정신적, 사회적으로 완전한 안녕 상태라고 규정함"

건강은 생존의 추구라기보다는 일상생활에 잘 대처할 수 있는 능력을 말한다. 신체 역량뿐 아니라, 개인적·사회적 대처 능력을 강조하는 입체적이고 긍정적인 개념이다.

내가 일하는 회사의 경영이념에는 '육체적 건강, 정신적 건강, 경제적 건강, 영적 건강, 관계적 건강' 등의 총체적 건강 5가지 항목이 있다. 어떻게 일을 통해서 건강해질 수 있는지 고개를 갸우뚱하는 사람들도 있을 것이다. 지면을 빌어 내가 이 다섯 가지 건강들을 어떻게 관리하는지 풀어 보고자 한다.

(1) 육체적 건강

부모님께 건강한 몸을 물려받은 덕분에 나는 특별히 아픈 것을 모르고 자랐다. 어린 시절 감기가 온 마을에 유행하였을 때에도 나는 괜찮았다. 아이들을 키우며 만근을 할 만큼 특별히 몸살을 경험한 기억도 없는 나의 육체적 건강은 내 일의 동력이었다. 그랬던 나도 시간의 흐름에는 어쩔 수 없나 보다. 몸이 예전만큼 활성화되지 않는 걸 때때로 느낀다. 예전에 없던 피로감도 느끼고, 과로를 하고 나면 전과 달리 회복도 더디다.

결혼 후 7년간 출판회사의 영업을 했던 나는 건강식품회사로 이직을 했다. 가족의 건강도 챙기고 나의 건강도 챙기고 싶은 이유에서다. 그러다보니 영양학과 생리학, 임상영양학 등 공부의 주제도 자연히 일과 관련해 바뀌었고, 이런 지식들은 몸에 대해 더 관심을 가지게 했다.

'다른 일을 했더라면 지금처럼 건강을 지키며 일할 수 있었을까?'라는 생각을 가끔 한다. 건강식품 회사를 다니며 가장 크게 공감한 것은 '일상이 모여 일생'이 된다는 것이다. 질병의 많은 부분이 식생활 습관과 뗄 수 없는 관계이기 때문이다. 그렇기에 하루 1끼는 반드시 균형적이고 살아 있는 식사를 하는 것. 이것이 나와 우리 가족의 오랜 약속이다.

크게 아프지는 않았지만 늘 코피를 달고 살았던 큰아이와 과민성 대장증후군이었던 작은아이는 지금 건강해졌다. 건강함에 비해 신장은 약해서 오전 중 얼굴과 손발이 항상 부어 있던 나도, 화장실이 불편했던 남편도 모두가 편안해졌다. 여기에 나이와 상황에 맞는 적절한 기능성 식품을 섭취하고 주기적인 운동까지 곁들이니 반복되는 매일에도 활력이 생긴다. 모두 일상의 습관을 바꾼 결과물이다.

(2) 정신적 건강

경단녀: 결혼이나 육아로 인해 경력이 단절된 여성을 이르는 말

둘째 아이까지 출산 후 육아에 전념하다 보니 어느새 결혼생활 5년이 흘러 있었다. 아이들과 지내는 시간도 행복했으나, 지나간 청춘을 돌이켜 보면 이따금씩 다시 일하고 싶다는 생각이 들었다.

그러던 중 나의 의지와는 관계없이 돈을 벌어야 하는 상황이 발생했다. 그러나 전문직이 아닌 일반 사무직으로 근무했던 내가 할 수 있는 일이 마땅히 없었다. 나는 거의 유일하게 남아 있던 선택지였던 판매영업을 택했다. 처음 출판회사에 출근하던 날 오랜만에 복귀한 사회의 공기가 많이 낯설고 생경하게 느껴졌던 것이 아직도 기억난다.

일을 하던 중 발생한 IMF 여파는 더욱 열심히 일할 수밖에 없

는 상황으로 이어졌다. 다행히 일의 결과도 따라주어 인정도 받았다. 사회적으로 내 자리를 만들 수 있다는 것도 매력이었지만, 생활의 일부를 책임질 수 있는 수입이 가능하게 되니, 미래에 대한 심리적 안정감도 생겼다. 마음의 여유가 따라 주니 정신적인 안정감도 따라왔다. 현실의 무게는 그대로였지만 좀 더 단단해진 마음으로 마주할 수 있는 용기를 낼 수 있었다.

(3) 경제적 건강

100세 시대에서는 경제적 건강이 더 중요해진 것 같다. 기대수명이 82.1세인 것에 비해 건강수명은 65.4세로서 16.7세나 차이가 난다. 16.7세! 갓난아이가 고등학교에 입학할 나이가 되는 긴 시간이다. 당연히 이 기간 동안의 삶의 질을 결정하는 건 육체적인 건강일 것이다. 그러나 이에 못지않게 중요한 부분이 경제적 건강이다. 물질적인 지원이 뒷받침되지 않으면 병에 약해지고 기력이 쇠퇴해 가는 육신을 관리하기 쉽지 않기 때문이다.

다행히 우리나라는 공공의료 복지 시스템으로 보호받을 수 있는 부분이 많이 늘어나고 있다. 그러나 이 외에도 개인적 필요경비가 만만치 않다고들 한다. 질병의 유무와 관계없이 경제적 건강이 준비되지 못했다면, 길어진 노년은 결코 축복일 수 없다는 장, 노년층의 공감대이다.

그런 의미에서 보면 100세 시대에 일을 가지고 있다는 것, 그것도 나이와 관계없이 오래할 수 있는 일을 하고 있다는 것에서 느껴지는 안도감은, 통장에 찍히지 않는 즐거운 이익인 듯하다.

(4) 영적 건강

영적(靈的) 혹은 영성(靈性): 인간 삶의 가장 높고 본질적인 부분, 본질적으로 고귀하고 높고 선한 것을 추구

인문학: 인간의 가치와 사상과 문화에 관해 탐구하는 학문

인간의 영적인 성장은 통찰력을 만들고 더 좋은 선택을 할 수 있게 돕는다. 이는 인문학의 근본과 일맥상통하는 면이 있다. 인류가 오랜 시간 축적해 온 정신적 유산들의 흐름을 읽고 판단하는 학문이기 때문이다. 이처럼 영성과 인문학은 공통점이 많다.

대기업 채용에 인문학이 대세라는 보도가 5년 전부터 자주 등장한다. 종합대학에 개설된 평생대학원 리더십 과정에 기업의 회장이나 사장들이 많이 참여한다는 소식도 접한다. 요즘은 인문학을 쉽게 설명해 주는 TV프로그램도 등장했다. 과학과 첨단기술이 지배하는 이 시대에 인문학이 왜 어필되는 걸까? 기업의 생존은 인간의 이해에 있다. 분야에 따라서는 기술적으로 전문화시켜야 하는 일도 있겠지만 팀워크가 중요한 역할을 하는 영

역에서는 인문학의 쓰임이 더 크다 하겠다.

나는 우리 지사에서 매일 1시간씩 아침 조회 겸 건강 교실 프로그램을 진행한다. 이때 필요한 지식과 소양을 얻기 위해 나는 의식적으로 독서하고 뉴스도 챙겨 보는 습관을 들였다. 특히 좋아하는 매체는 라디오인데 벌써 25년째 애청자다. 정보 습득에 도움을 줄 뿐만 아니라 다양한 인생의 갈피를 엿볼 수 있는 점이 독보적이라고 생각한다. 출근 준비와 함께 하루의 시작을 알리는 정신적 신호가 되는 건 덤이다. 대상이 어떤 사람인지, 진정 원하는 것이 무엇인지 고민하고 성찰해 보아야 하는 내 일의 특성은 나 또한 스스로를 되돌아보게 만드는 계기가 되기도 했다. 지금껏 그랬듯 앞으로도 좋은 사람들과 함께 한 발 한 발 내딛다 보면 더 큰 영적 성장을 이루게 되리란 것을 믿어 의심치 않는다.

(5) 관계적 건강

지사장으로서 내가 수행하는 업무는 다양하지만 가장 중요한 것은 사람과의 관계 사업이다. 인간관계만큼 어려운 것이 또 있을까? 인간관계는 소통이 중요하고, 소통은 인간적인 신뢰와 호감을 유지하고 있어야 할 수 있다.

건강을 상담하고 회복의 방향을 설정하기 전 내가 주의 깊게 듣고 살피는 건 어디서부터 건강이 무너졌을까이다. 육체적 질병은 단지 육체만으로 국한되어 있지 않다는 게 이젠 보편적 인식으로 받아들여진다. 정신과 전문의 유은정의 『혼자 잘해주고 상처받지 마라』나, 일본의 승려 구사나기 류순의 『관계의 피곤함이 단번에 사라지는 반응하지 않는 연습』 등의 책 제목에서도 알 수 있듯이, 관계적 건강은 자기 자신에서부터 원인과 해결책을 들여다봐야 한다고 말한다. 관계적 건강이 육체적 건강에도 영향을 미친다는 말이다.

내가 일하는 조직을 열린 조직이라고 말한다. 열린 조직이란, 일반적으로 우리가 알고 있는 수직적 관계의 닫힌 조직과는 달리, 직급은 있으되 수평적이며 유연하고, 섬기고 포용하는 조직이다.

조직사업을 하다 보면 감정과 생각과 의욕을 적절히 다스려야 하는 어려운 때가 많다. 원래 소심했던 내겐 아직도 어려운 난제이다. 그동안 인간과 인간의 역학적 관계를 경험했고, 그 경험을 통해 관계적 건강이야말로 총체적 건강의 완결편이라는 생각에 이르렀다. 관계적 건강을 유지하기 위해서는 마음의 근육도 단단히 키워야 하고, 적절하고 지혜로운 거절도 매우 필요하다. 또한 타인이 잘되었을 때 진심으로 기뻐해 줄 수 있는 아량과 마음의 품도 키워야 한다. 이런 노력에도 불구하고 관계적 건강은 아직도 가장 어려운 항목이고 영원한 숙제이다.

올해 연초에 지난 1년간의 사업 결과물로 연도대상의 장려상을 수상했다. 전업주부였던 나는 사회로 나가 어느덧 어엿한 직장인이 되었고 마침내 소명의식을 가진 직업인에 이르렀다.

처음 사업을 시작했을 때만 해도 나는 상당히 계몽적인 사람이었음을 고백한다. 잔 다르크처럼 '나를 따르라!'는 식으로 선봉에서 이끌고 가르치려고도 했다. 그러나 때로는 부딪치고 때로는 상생해 왔던 장기간의 경험들은 내 안에 있던 헌신과 배려를 끄집어내었다. 헌신과 배려는 타인을 위해 한다는 걸로 생각하고 있었기에, 때론 속상함으로 속을 끓였던 시간도 많았다. 그러나 그러한 일들 속에서 후일 내가 위로받고 성장도 할 수 있었음을 고백한다. 이러한 나의 직업은 내가 육체적인 건강을 유지할 수 있도록 도와주었다. 또한 경제적인 도움뿐 아니라 100세 시대에 긴 현역생활을 할 수 있다는 정신적 안정감을 주었고, 타인을 이해하고 나누는 관계 속에서 영적인 성장도 가능케 했다.

가끔 아이들은 나의 노후에 대해 궁금하다며 질문을 한다. "엄마는 나의 의지로 살고 싶어. 운동을 게을리하지 않고 싶고, 나이 들어서도 할 수 있는 직업이 있으니 너희들에게도 당당하게 살고 싶다"고 말해 준다. 그 말에 안도하며 반가워하는 아이들의 표정을 보며 내 의지를 더욱 다진다.

이런 의지는 내게 일이 있고, 그 일이 총체적 건강을 가능하게 도와주기 때문이다.

4

나약한 나도 무엇이든 도전할 수 있다

우기숙

내가 사는 세상은 나 혼자가 아니야

내 주위에 괜찮은 사람들이 많다.

난 살면서 다른 사람들이 흔하게 겪지 않는 경험을 해 보았다.

2014년 12월 9일 새벽 6시 9분…. 내가 살고 있는 집이 불이 나서 전소가 되었다. 항상 늦잠을 자던 난 이날따라 새벽에 일어나 볼일을 보고 있었다. 어디선가 소리가 들려 고양이가 왔다 갔다 하는 줄 알았다. 그런데 빗물 누전으로 인해 형광등에서 불똥이 튀는 것을 발견했다.

사람은 죽으라는 법은 없나 보다. 난 아이들을 살려야 한다는 생각밖에 없었다. 형광등에서 막내아들 옆으로 불똥이 떨어지는 걸 보고 깜짝 놀랐다. 막내를 내 쪽으로 잡아당기며 큰딸에게 119 신고를 하라고 했다.

"119에 신고해!"

119에 전화하여 주소를 말하고 우리들은 불을 끄려고 했다.

형광등에서 불이 번지고 있다. 급한 마음에 두꺼비집을 내리면 전기가 안 통한다는 생각이 앞서 먼저 두꺼비집을 내렸다. 하지만 이미 형광등에 불길이 번지고 있다. 이불을 던져서 끄기에는 너무 천장이 높다. 불길이 온 집안을 휘감고 있다. 무지한 소견으로 이불로 불을 끄려고 높은 천장으로 이불을 던져 본다. 하지만 천장이 너무 높아 닿지를 않는다. 불은 계속 번진다. 결국 아이들을 데리고 탈출했다. 거의 5분 만에 불은 무서운 속도로 화력을 뿜으며 집을 몽땅 태워 버렸다. 절망이다. 집이 타고 있는 광경을 보니 너무 힘들다. 119는 새 주소를 확인 못 하여 옛 주소를 알려 달라고 했다. 그래서 소방차가 몇 분 늦게 출발해 진화가 늦어졌다. 소방차가 오기 전에 난 불을 끄기 위해 노력을 한 것이다.

정말 좌절이다. 왜 나에게만 이런 일이 생기는지 모르겠다. 나의 삶의 터전이 모두 날아간다. 아~이제 어떻게 살아가나, 죽고 싶다. 자면서도 눈물이 나온다. 괜히 눈물이 흐른다. 내가 우리 아이들 셋을 데리고 아무것도 없이 어떻게 살지…. 왜 나에게만 이런 일이… 힘들다.

이렇게 우리 집에 불이 나기 전에는 내 주변에는 아무도 없다고 생각했다. 내가 다른 사람들에게 도움도 주지 않고 남들도 나에게 도움을 주지 않는다고 생각했기 때문이었다. 하지만 그날 이후로 나는 내 주위에도 나를 도와주시는 분들이 많구나, 내가 인생을 잘못 살지는 않았구나 하는 생각을 하게 되었다. 내 주위에는 항상 좋은 분들, 남들을 생각해 주는 분들이 많다는 것을, 이 세상은 나 혼자가 아니라는 것을 새삼 피부로 느끼게 되었다.

그날의 화재로 인해 우리 가족은 보건소 심리 상담을 받기로 했다. 외상 후 스트레스였다. 보건소와 정신의학과를 병행하며 나와 우리 아들들의 문제점을 발견했다.

큰아들은 말이 없고 대꾸도 없고 해서 사춘기인가 생각을 하고 있었다. 자기 방에서 나오지는 않고 핸드폰 게임만 하고, 씻지도 않고 누워 있기만 하고, 나를 투명인간 취급을 한다. 그런데 심리 검사를 하고 진단을 해 보니 우리 큰아들은 '선택적 함묵'이라는 진단을 받았다. 정말 마음이 아팠다. 내가 아들에게 잘해 주지 못한 것만 떠오른다.

어릴 때 '피에르 로빈 증후군'으로 인해 수술을 해서 어쩔 수 없이 부모와 떨어져 외할머니와 지낸 것, 아빠의 폭력, 엄마의 짜증 등 수많은 것들이 생각났다. 그러한 여러 가지 이유로 자기가 말하고 싶은 사람하고만 말하는 병으로 엄마를 투명인간 취급하는 것 등이 다 내 잘못인 것 같았다. 7살에 심리치료를 하라고 했는데 경제적인 이유(일주일에 10만 원 상당의 상담)로 나는 큰 아들의 치료를 포기했다. 중학교 때 너무 심각해져서 주치의 선생님들과 상의 후에 정신과 병동에 한 달 입원시키기로 했다. 퇴원하고 몇 달 동안은 말 잘 듣는 아들로 있었다. 하지만 이것도 잠시, 역시나 치료의 효과는 오래가지 않는다. 그래서 큰아들이 고등학생이 된 이후 내가 지금 이런 고통을 받는다.

의욕이 넘치는 보건소 상담 선생님은 말한다. "왜 아들을 이렇게 방치하셨나요? 왜 치료를 안 했나요?"

나는 너무 괴롭다. 내가 하기 싫어서 하지 않은 것도 아니고 나도 나름대로의 노력을 했지만 애들이란 게 부모의 마음대로 뜻대로 어디 움직이는가? 물론 내가 치료를 안 한 것도 문제 일 수는 있다. 그래서 이제라도 치료를 하려고 했지만 큰아들은 진전이 없다. 병원에도 입원시켜 보고 해도 안 된다. 그때뿐이다.

막내는 우울증 및 ADHD 증후군 판정을 받았다. 초등학교 1학년이다. 난 그냥 그때 남자아이들이 흔히 그렇듯 주의집중력이 부족하고 산만한 것인 줄만 알았다. 보건소 상담, 심리상담, 정신의학과 등등 여러 군데에서 6년 이상 상담치료를 하고 있다. 지금은 그래도 많이 좋아졌지만, 난 너무 힘들었다.

우리 막내는 도벽이 심했다. 많은 사람들이 말하는 '관심종자'인 것 같기도 하다. 사건을 일으켜야 엄마가 본인에게 관심을 보인다고 느끼는 건 아닐까?

초등학교 저학년 때는 천 원, 오천 원 등 단위가 크지 않았다. 하지만 고학년이 될수록 금액은 십만 원에서 삼십만 원 등등으로 점점 커지고 들통이 나도 자기가 안 한 것처럼 거짓말도 했다. 친구들에게 돈으로 환심을 사고 훔친 돈으로 아이들에게 먹을 것, 게임비 등을 대 주며 친구들을 돈으로 끌어모았다. 하지만 일시적일 뿐 결국 돈이 없으면 친구들은 오지 않는다.

대형마트에서 물건을 뜯어 들고 나오다 몇 번 들키지 않아서 계속 몰래 가지고 나와도 된다고 생각을 했나 보다. 나중에는 박스를 훼손하고 그냥 나오다가 마트 보안직원에게 걸려 경찰이 올 뻔한 적도 있었다. 마트에서 연락이 왔는데 박스를 훼손했기 때문에 돈을 지불하고 아이를 데려가라 한다. 심지어 대담하게 친구랑 같이 해서 많이 놀랐다. 난 우리 아들이 내 눈앞에서 자기는 절대 돈이랑 장난감에 손을 안 댄다고 해서 믿었다. 하지만 마트에서 물건을 훔쳤다는 전화를 받았을 때 하늘이 무너지는 줄 알았다.

펑펑 울면서 아들 담임선생님께 전화를 했다. "걱정하지 마시고 제가 타이르고 있을테니 교육 끝나고 오세요." 하신다. 선생님께 정말 감사하다. 이렇게 학생을 위해 주시는 분들이 과연 몇 분이나 될까? 많은 위로가 되었다. 선생님께 죄송하기도 하다.

상담을 오래 하고 타이르고 해서 믿고 있었는데, 내가 열심히 노력해서 상담을 꾸준히 하고 대화하고 서로 맞추어 가면서 괜찮아진 줄 알았는데 모든 게 물거품이 된 것처럼 배신감을 느꼈다.

나에게만 이런 일들이 일어나는 걸까? 아이들 셋을 혼자 돌보고 돈 벌고 항상 밤늦게 들어오고 이런 일을 반복하다 보니 아이들은 뒷전이 된 것 같다. 우리 가족은 대화가 서로 없다. 내가 이렇게 만든 것 같아 죄책감은 들지만 나도 위로받고 싶고, 보호받고 싶고, 쉬고 싶다.

이젠 나 혼자 감당하기 너무 힘들다. 남편은 혼자 나가서 자기가 살고 싶은 대로 살고 애들의 생활비는커녕 아이들에게 관심을 두지 않는다. 세 명 아이들의 교육 및 경제적 책임은 물론 아이들의 사춘기를 나 홀로 감당하며 힘들게 사는 게 이제는 지친다. 나도 솔직히 다 내려놓고 싶다는 생각, 죽고 싶다는 생각, 우울한 생각이 들지만 나는 삼남매의 엄마이니까 365일 중 보름만 쉬고 계속 일을 한다. 하지만 삼남매는 모르고 있다. 언젠가는 내가 자기들을 위해서, 다 같이 생활하기 위해서 이렇게 한다는 것을 알까? 이렇게 열심히 해도 돈은 나에게 쓸 만큼만 들어온다. 그래도 난 감사하다.

내 주위의 사람들이 이렇게 말한다. "당신은 아주 잘하고 있는 거야. 나라면 이렇게 못 해." 위로를 해 주시는 분들이 많다. 또한 많지는 않지만 작은 도움들이 나에게 돌아온다. 이 작은 도움들이 모여서 나는 그나마 생활을 유지하고 있다. 조금이나마 도움을 받는 것에 감사를 한다. 언젠가 나도 내가 이렇게 도움을 받고 있는 것들을 다는 아니어도 도움으로 돌려 드리고 싶다.

여러분들도 주위에 행운을 주시는 분들이 있을 것이다. 항상 나 자신에게만 불행이 있는 것은 아니기 때문이다.

도전하는 나에게 난 응원을 해요

요즘 사람들은 누구나 우울한 마음이 가득하고 분노조절 증세까지 있다. 남에게 배려하는 마음마저 사라진 것 같다. 어릴 적부터 사람들 앞에 나서는 것, 남에게 튀는 행동 등은 나에게 두려움의 대상이었다. 하지만 지금은 후회한다. 내가 만약 지금처럼만, 아니 지금의 반의반만이라도 친구들에게 다가가고 사람들을 무서워하지 않았더라면…. '지금 나의 모습은 바뀌었을까?' 이런 생각을 하고 있다.

나는 나 자신에 대해서 얼마나 알고 있을까? 잠재된 나의 능력을 발휘는 하고 있는 걸까? 나는 항상 소심해서 할 수 있는 게 없다고 생각하곤 한다. 사실 모든 사람들이 그럴 것이다. 나에 대해 항상 고민만 할 뿐 바꾸고 싶은 마음은 굴뚝같은데 생각만 같고 우울과 좌절감에 빠져 있다. 자존감과 자신감이 많이 결여되어 있다.

난 항상 어릴 때 배우지 못한 것에 갈망을 하고 있다. 배우고 싶었던 욕망을 표출하고 있다. 하지만 나의 생활은 벌여 놓기만 하지 끝맺음이 없다. 열중해서 배우지를 못한다. 하지만 미래를 위해 자격증을 열심히 따고 있다. 항상 정신이 없다. 나에게 틈을 주지 않기 위해 시간을 쪼개서 여러 가지를 배우고 또 배우고 한다. 왜냐하면, 나에게 틈을 주면 항상 처지고 무료하게 시간이 흘러 버리기 때문이다. 아무것도 안 하고 하루 종일 허리가 아플 때까지 잠을 잔다. 아니 잠에 취해 일어나지를 못 한다. 아이들에게도 신경을 쓰지 않는다. 그래서 나는 열심히 배울 것을 찾아다닌다.

재봉틀이 하고 싶어서 평생학습센터를 다니면서 홈패션 자격증도 취득했다. 자격증 취득을 하고 나서는 홈패션 강사를 한다. 하지만 나에게는 창의력이란 게 부족하고 자신감, 자존감이 부족해 수강생들 가르치는 것에 자신이 없다. 수강생은 나를 믿고 돈을 내고 수강을 하는데 나는 잘 대응하지 못한다. 자격증을 딴지 얼마 되지도 않아 강사를 해서인지 모르는 것 투성이다. 강사 생활을 몇 년을 하고 있지만 경력이 수십 년이 되지 않아 그때그때 상황에 맞게 수강생에게 가르쳐 주지 못한다. 아직도 재봉틀로 만들고 싶은 것은 많지만 여전히 어설프게 알고 있다.

남편이 화물자격운수시험을 본다고 해서 같이 공부하면서 나도 시험을 본 적도 있다. 그런데 턱 하고 붙었다. 남편은 시험에서 떨어졌다. 이걸로 난 화물운송종사자격증을 취득했다. 얼마 지나지 않아서 난 택배차를 구입해 택배를 시작했다. 새벽 6시에 출근해 그날 배송할 물건을 실어 배송을 한다.

여자의 힘으로 택배라는 것은 참 힘들다. 무거운 짐을 혼자 싣고 다니면서 더운 여름에 생물이 상할까 봐 걱정을 하고, 겨울에는 칼바람 속을 헤치며 고객에게 배송을 한다. 너무 힘에 부쳐 졸도를 하면서 머리를 부딪쳐 몇 시간 동안 일어나지 못하는 일이 반복되어 결국 택배를 그만두게 되었다.

이후 나 같은 숙맥이 영업이라는 테두리에 들어가게 된다. 지금은 10년 이상 영업을 하게 되었지만 아직도 나는 자신감, 자존감이 부족해 항상 당당하게 이야기를 하지 못하고 있다. 그래서 나는 매일 뭘 배우려고 찾아다닌다. 지금 하고 있는 일에 열중은 안 하고 자꾸 다른 쪽으로 눈을 돌리며 배우러 다닌다.

나중에 쓸 일이 있을 것 같아 10년 전에 요양보호사 교육을 받았다. 자격증을 취득하면서 어르신들을 모시게 되었다. 정수기 영업을 하면서 요양보호사를 겸하게 되었다. 항상 돈이 궁하기 때문에 난 많은 직장을 다닌다. 어르신들은 내가 잘하지도 않는 것 같은데 나를 찾으신다.

지금도 주말에 짬을 내서 일을 하고 있다. 힘들기는 하지만 그래도 나의 생활에 보탬이 된다. 최저임금이 안 되는 돈인데도 내가 아쉽기 때문에 주말에 쉬지도 못하고 막내랑 있지도 못하고 나간다. 애들에게 미안하다. 하지만 자격증을 취득하니 이런 일도 나에게 있는 것이다. 감사한 일이다.

요즘은 어르신들의 치매가 많아지고 있기 때문에 이 수료증은 꼭 필수이다. 치매 어르신을 돌보려면 치매교육이수자격을 취득해야만 한다. 그래서 올해 또 하나의 자격을 취득한다. 내가 하나 더 하고 싶은 것은 장애인 활동보조인이다. 앞으로는 노인복지 쪽이 유망 직업이 될 것이다. 내가 나이 들어도 자격증과 경험을 많이 쌓으면 앞으로 취업의 길은 꾸준히 있을 것이다. 나의 노후를 대비해 열심히 자격증을 취득하고 있다. 사람 일은 어떻게 될지 모르니 앞으로도 꾸준히 나에게 필요한 자격증 취득에 계속 도전해 볼 것이다.

그리고 우울증과 무기력감을 해소하고 나 자신에 대한 보상으로 여성회관에서 기초소묘 드로잉을 배우고 있다. 일주일에 두 번 수강을 한다.

처음 소묘를 접할 때는 그림에 대한 두려움이 강했다. 나는 그림을 못 그리는 사람이라고 생각하지만 조금이나마 자신감을 갖고 싶어 여성회관에 수강을 신청했다. 처음에는 선 하나 그리는 것도 힘들어 고전을 면치 못했다. 전에 보건소에서 미술치료 상담을 한 적이 있다. 하지만 나는 미술의 미도 그려 본 적이 없다. 본격적인 치료를 시작하기 전, 미술치료 상담선생님께 이렇게 말했다. "저는 그림에 대한 두려움이 있어서 애기하면서 상담을 했으면 해요.” 선생님은 내 뜻을 받아들여 나의 응어리가 담긴 말들을 들어 주셨다. 정말 감사하다.

한참 울고 나면 속이 시원하다. 어릴 때 남들 앞에서 항상 주눅 들어 있던 나, 소심하게 친구들 곁으로 못 가고 나 혼자서 스스로 고립을 자처했다. 왜 그랬을까? 지금 생각하면 그러지 않아도 되는데 후회를 많이 한다. 지금처럼 조금이라도 했으면 현재 내 주위에는 친구들이 있을 텐데…. 내가 친구들에게 곁을 주지 않은 것 같아 속이 상한다.

그래서 나의 자존감을 높이고 그림에 대한 두려움을 없애고 싶어 소묘를 배웠는데 처음에는 그림을 봐도 구도를 어떻게 잡아야 할지, 선은 어떻게 해야 할지 당황했다. 배우러 오시는 분들은 정말 고수이신 분들만 있어서 부담이 된다. 내가 따라가기 힘들다. 항상 마무리가 부족하다.

하지만 6개월 동안 수강하고 나니 자신감이 좀 붙었다. 확실히 1분기 때의 그림과 2분기 때의 그림을 비교해도 달라진 것이 보인다. 가르치는 강사선생님도 확실히 늘었다고 한다. 정말 뿌듯하다.

역시 반복은 대단하다. 그림에 대한 두려움이 100%는 아니지만 조금 사라진 것이다. 사물을 보면 가끔 ‘어떻게 그릴까?’ 생각하면서 나도 모르게 마음속으로 사물의 스케치를 하고 있다. 정보를 자꾸 찾는다. 그만큼 자신감이 붙은 것이다. 선생님께서 내게 말하기를, 오래 못 하고 중간에 그만둘 줄 알았는데 바쁜 일정 속에서도 나와서 하는 것을 보고 기특하다고 하신다. 1기 때 정신없던 내가 조금 안정을 찾고 있고 선생님께 칭찬도 받으니 자신감이 올라가는 듯하다. 앞으로도 소묘 및 드로잉은 계속할 것이다.

또 하나, 나의 자기 계발은 스피치이다.

내가 영업을 10년 이상 했지만 아직도 나는 남들에게 반강제적으로 해 달라거나 하는 부탁을 잘 하지 못한다. 말이 서툴기 때문이다. 일대일 대면으로 대화를 하면 말을 하기는 하지만, 많은 사람들 앞에서 말을 하면 가슴이 벌렁거리고 말도 뒤죽박죽, 내가 무슨 말을 하고 있는지 모를 정도이다. 학교에서도 항상 발표하기 전에 나는 시키지 말라고 속으로 바라곤 했다. 음성도 떨리고 사람들 눈을 쳐다보지 못하며 '빨리 이 자리를 빠져나가야지'라는 생각만 하게 되어 간단하게 인사를 하거나 의견을 제시하지도 못한다. 사람을 만나면서 내가 말하고 싶은 말은 하지도 못하고 상대방의 얘기만 들어 주다 결국은 말을 못 해 후회를 하곤 한다. 사람들 앞에서 말하는 것이 겁이 난다.

그래서 난 평생교육원에서 '보이스 트레이닝&스피치'를 수강하게 되었다. 처음에는 남들 앞에 나서서 말도 하지 못하고 안절부절못하고 말도 뒤죽박죽 알아듣지 못하는 수준이었다. 하지만 보이스 트레이닝을 통해 나의 말투와 행동을 수정받고 조금이나마 도움이 되었다. 자신감이 조금 붙었다. 상대방에 대한 두려움이 조금 덜어진 것 같다.

난 항상 꾸준히 노력을 한다. 나에게 빈틈을 주면 항상 우울함에 빠져 있고 아무것도 하기 싫기 때문이다. 이런 나에게 보상을 해 주기 위해 앞으로도 계속 꾸준히 할 것이다. 남들은 욕할지도 모른다. 한 가지 일에 집중을 해서 살아야지 뭘 그렇게 많이 하냐고.

하지만 다 각자의 삶의 방식이 있는 것이다. 나는 항상 노력할 것이다. 조금이라도 나의 생각과 행동이 바뀌면 미래의 나는 바뀌어 있을 거라고 나는 믿는다.

아주 작은 습관의 힘

습관은 정말 중요하다. 내가 어떻게 하는지에 따라 습관이 길러진다. 좋은 습관이 나에게 배려면 조금씩이라도 매일 66일 이상 같은 행동을 반복해야 한다. 하지만 나쁜 습관은 바로 나에게 적응을 한다. 『아주 작은 습관의 힘』에 이런 말이 있다.

"왜 우리는 나쁜 습관을 그토록 반복하는 것일까? 왜 좋은 습관을 세우기가 그토록 어려운 것일까? 내년 이맘 때 우리는 오늘보다 더 나은 뭔가를 하고 있기보다 예전 습관대로 똑같은 일을 하고 있을 확률이 높다."

그렇다. 정말 우리들은 항상 다짐을 한다.

이제 다이어트할 거야, 이젠 덜 먹어야지, 내일 아침에는 일찍 일어나야지. 머릿속으로는 해야 한다는 것을 알고 있지만 실천하기가 너무 힘이 든다. 나쁜 습관은 한 번만 해도 나의 몸이 기억을 하고, 좋은 습관은 정말로 피나는 노력을 해야만 나에게 좋은 습관으로 나타난다. 하지만 좋은 습관도 내가 의식을 하지 않으면 언제부터인가 사라지게 마련이다. 정말 작은 습관들이 모여서 내 몸에 체득 되어야 비로소 내가 하고 싶지 않아도 자연적으로 행동을 하게 된다.

난 항상 마음속으로 다짐을 한다. '오늘은 집에 가서 꼭 치우고 정리해야지' 하지만 이것은 내 생각일 뿐이다. 일을 하고 집에 들어오면 자연스레 쉬고 싶어진다. '나중에 해야지. 조금 쉬고 하면 돼.' TV를 보면서 눕는다. 그러다가 잠이 들어 버린다. 나의 이런 나쁜 습관을 고치고 싶다고 마음속으로는 항상 생각한다. 하지만 실제로 내가 하는 것은 드라마 몰아 보기, 핸드폰 들여다보기, 홈쇼핑 보기 등…. 이런 것은 해도 해도 나도 모르게 시간이 잘 가기 때문에 습관이 되어 버린다. 하나하나 좋은 습관을 들이기가 쉽지 않다.

난 방문서비스업을 하는 사람이다. 매일 다른 가정집을 여러 집 방문한다. 어떤 가정은 집의 정리정돈이 잘 되어 있다. 하지만 어떤 가정은 나의 집처럼 어수선하다. 다 각자의 성향인 것도 있고 어쩔 수 없이 해야 하니까 정리하는 사람도 있다.

솔직히 나는 가족 중 누가 치워 주는 사람도 없지만 나의 습관이 잘못 들어서 쓰고 난 것을 제자리에 놓는 것을 못 한다. 집을 정리하더라도 옆으로 펼쳐 놓고 정리를 한다. 그러다가 힘이 들고 몸이 지치면 다 내팽개치고 그냥 누워 버린다. 나중은 생각하지 않고 말이다. 그럼 이렇게 놓은 것이 하루, 이틀, 일주일이 지난다. 나중에 해야지 하고 계속 머릿속으로만 생각하다가 그 것을 잊어버리고 다시 다른 것을 또 늘어놓는다. 나중에는 내가 쓰던 것을 어디에 놓았는지 몰라 뒤적거리며 모든 물건들을 뒤죽박죽 섞어 버린다. 이런 일이 항상 반복이다. 그래서 내 머릿속은 항상 복잡하다.

사람의 습관은 1분이면 된다고 했다. 1분씩 몇 달을 계속 반복하다 보면 나도 모르게 좋은 습관이 들게 된다. 나도 모르는 사이에 말이다.

요즘은 정보시대다. 정보를 찾으려고 하면 이것저것 많이 나온다. 솔직히 내가 따라 하고 싶은 것도 있지만 너무 많은 정보 홍수 속에서 대충 찾아 읽기만 하고 실천은 하지 못한다. 정보를 읽어 보면 나도 알고 있는 것처럼 말은 할 수 있다. 하지만 실천을 하지 않고 알고만 있는 것은 아무짝에도 소용이 없다. 실천을 해야만 내가 알고 있는 것이라 생각을 한다.

내가 너무 많은 일을 해서 집에 오면 맥이 빠져서 실천을 못하는 것일 수도 있다. 상담을 받으면서 이것도 일종의 우울증이라고 말씀하신다. 항상 쉬는 날은 집 좀 치워야지 하면서도 막상 집에 들어가면 온몸에 기운이 빠져서 눕고만 싶어진다. 내가 쓰고 버릴 것은 버리고 쓰고 나서 원위치에만 놓는다면 어질러질 일은 없다. 나도 알고 있다. 그럼에도 '항상 나중에 하면 돼'라는 생각으로 한곳에 모아 둔다. 옷도 그냥 던져 놓지 말고 바로바로 옷걸이에 걸어 놓는다면 옷이 산더미가 되는 일은 없을 것이다. 하지만 수북이 쌓인 옷을 또다시 빨래하는 악순환에서 벗어나지를 못한다. 정리수납을 해 보려고 배워서 머릿속에는 있지만 '언젠가는 내가 할 거니까' 라는 안일한 생각만 할 뿐더. 이런 나 자신에게 너무 실망이다.

내가 일을 많이 하고 힘이 들어서 못 한다는 말은 핑계인 것 같다. 다른 사람들은 다들 직장 맘이어도 가족들을 위해서 음식을 준비하고 항상 깔끔히 하고 다니는 것을 보면 평상시 어질러진 집은 나의 게으름이 부른 참사인 것 같다. 난 솔직히 사람들이 우리 집에 오는 것을 꺼려한다. 다른 사람들이 내 집을 보고 욕을 할 것을 알고 있기 때문이다. 내 차에 사람을 태우는 것도 싫어한다. 사람들은 내 차를 탈 때 괜찮다고 말을 한다. 하지만 속으로는 욕을 할 것이다. 이것으로 상담을 해 보았다.

"내 차가 지저분해서 저는 사람을 태우는 것이 부담스러워요."

"괜찮아요, 그냥 가는 장소까지 태워만 주세요."

이런 상황이 오면 부랴부랴 앞좌석에서 뒷좌석으로 짐을 던져 버린다. 짜증이 난다.

"죄송해요. 제 차가 짐이 많아서 지저분해요."

이렇게 이야기를 하면서 나는 항상 부담을 느낀다고 말했더니 상담선생님은 그러실 필요 없다고 하신다.

"지금 어머님도 우울증이라 살기 힘드시고, 하시는 일도 많고 열심히 사는데, 그리고 아이들을 위해 열심히 상담을 다니고 하는데 그런 사소한 것까지 신경을 쓰시면 어머니는 못 사세요. 부담 갖지 마세요."

나도 마음 한구석으로 내가 다른 사람들에게 욕을 먹는 것이 싫다는 건 알지만 치워 놓은 물건 중에 버릴 것이 없다고 생각하기 때문에 항상 짐은 늘어난다. 그리고 난 내 차에 고객들에게 줄 것을 항상 넣고 다녀서 나중에는 뒤죽박죽 섞인다. 이런 것을 항상 보면서 나도 내 마음속으로는 항상 힘들다.

이것을 계기로 적어도 매일매일 단 10분만이라도 조금씩 정리하는 습관을 들여 나도 언젠가는 내 마음에 드는 정리정돈 습관을 들이는 사람이 되어야겠다. 이제부터 짐을 쌓아 놓지 말고 버릴 것은 버리고 쓸 물건은 쓰고 나면 그 자리에 갖다 놓는 좋은 습관을 100일 프로젝트로 해 보아야겠다. 나도 할 수 있는 사람이라는 것을 내 자신에게 항상 동기부여를 넣어 주며 다짐을 해야겠다.

좋은 습관은 빨리 내 몸에 들어오기 힘들기에 노력을 해야겠다. 나쁜 습관은 될 수 있으면 하지 않도록 머릿속으로 항상 노력을 해야 한다.

스트레스 어떻게 푸시나요?

요즘 사람들은 모두 스트레스가 많다. 나도 역시 스트레스가 많아서 몸이 점점 지쳐 가고 있다.

애들을 키우면서 받는 스트레스는 어느 부모나 다 있다. 가족들과의 관계도 힘들다. 시댁식구들과의 관계, 친정식구들과의 관계, 사회생활하면서 사회친구들과의 관계 등등 우리들에게는 항상 스트레스가 존재한다. 하지만, 스트레스가 있다고 항상 울고 화내고 짜증 내고 할 수는 없다. 속에서는 불이 나지만 남들에게 착하게 보이고 싶고 이상한 사람으로 보이고 싶지 않기 때문에 남들 앞에서는 자기를 밖으로 표현하지 못한다.

나도 그렇다. 나의 성격은 소극적이다. 어릴 때부터 워낙 남들 앞에 나서는 것도 싫어하고 조용히 지내고 싶고 누가 나한테 말 걸어 주는 것도 싫고 내가 말 거는 것도 싫어서 항상 뒤에 숨어 있었다. 지금 생각해 보면 이런 것은 내성적인 것도 있지만 나의 자존감이 많이 떨어져 있기 때문이었다. 내가 남들보다 잘난 것도 없다고 생각해서 말도 제대로 하지 못하고 누가 뭐라 해도 당하기만 했다. 지금 생각해 보면 마음에 담아 두고 당당히 얘기하지 못해 스트레스가 엄청 많았다.

지금은 아이 셋을 키우면서 힘든 것만 있던 것은 아니지만 아이 셋의 성격이 다 달라 고생을 했다. 첫째 딸은 너무 자기 자신만을 생각해 누가 자기 물건을 손대거나 먹거나 하면 짜증을 많이 부린다. 먹을 것을 사 와도 똑같이 나누어 먹어야 하고 자기 몸에 부딪히기만 해도 더러운 것이 묻은 것처럼 경기를 한다. 그러지 말라고 해도 소용이 없다.

큰아들은 중학교 3학년 때부터 나를 투명인간 취급을 한다. 그때만 생각하면 난 아직도 눈물이 난다. 내가 힘들게 애들을 키우고 있다고 생각하는데 애들도 역시 자기 기준에서 내가 싫고 자기가 말하고 싶은 사람하고만 얘기한다.(선택적 함묵) 내가 많은 것을 바라는 것도 아니다. 다만 뭘 물어보면 대꾸를 해 주기를 바라는 것이다. 하지만 우리 큰아들은 나를 투명인간 취급해 나는 화가 머리끝까지 나서 결국은 애들에게 그동안 생각했던 마음의 얘기를 하다 상처 주는 말들을 한다. 하고 나서는 후회를 한다. 그래도 속은 풀리지 않는다.

막내아들은 너무 활기찬 아이라 초등학교 때부터 사건사고가 많다. 도벽, 우울증, 친구들과의 사이 등도 문제가 있었다. 다른 친구들의 못생겼다는 말에 상처받고 너 같은 아이가 무슨 여자 친구냐 하는 말에 상처받고 혼잣말을 크게 했다가 상대방 친구가 자기한테 하는 말이라고 오해해서 싸움이 일어나거나 하기도 했다. 지금은 중학생이 되어서 그때만큼은 아니지만 아직도 도벽과 우울증은 고쳐지지 않는다.

화를 내고 싶지만 내지 못하는 나는 항상 스스로 일을 못하는 것 같고 애들에게도 잘해 주지 못해 늘 마음 한구석에는 마음의 짐이란 스트레스가 있다. 다른 부모님들처럼 애들을 챙겨 주지 못해 항상 마음이 힘들다. 하지만 집에 들어가면 몸과 마음이 지쳐 난 또 누워 버리고 애들을 신경 쓸 틈이 없다.

너무 심해서 신경과 진단을 받아 보니 어릴 적부터 마음에 담아 두고 있는 것도 있거니와 지금 생활하면서 생기는 가정불화와 애들을 키우는 부담감, 일을 너무 많이 하는 스트레스, 영업실적에 대한 스트레스, 사람들과의 관계에서 오는 스트레스 등으로 우울증과 화병, 무기력증이 있으니 약을 먹으라고 한다. 약을 먹어도 나의 우울증과 우울감은 호전되지 않는다. 물론 내가 약을 제때 챙겨 먹지 못하는 것도 있지만 화를 못 참을 때는 폭발을 한다. 그게 애들에게 화풀이로 간다. 그러면 안 된다는 것도 알지만 애들에게 화풀이하는 것이다.

요즘은 스트레스를 풀기 위해 자그마하지만 나에게 보상을 해 주고 있다.

첫 번째는 독서모임이다. 막내아들이 전학을 오면서 담임선생님께서 독서 모임을 제안했고 2년 이상 하고 있다. 처음에는 말 한마디 하는 것이 두려웠다. 이것 또한 스트레스였다. 하지만 점점 독서모임(책바침) 회원들과 속을 터놓게 되고 공감을 해 주시니 내 안에 있던 말들을 회원들에게 얘기하고 나면 속이 풀린다. 너무 쉬지 않고 일하는 것도 힘드니 본인에게 도움이 될 수 있는 취미를 찾아보라고 조언을 해 준다. 혼자 보고 싶은 영화를 보거나 여행을 다니거나 하라고 한다. 집에만 있지 말고 말이다.

난 활동적인 것보다는 혼자서 노래방에 가서 슬플 때 노래를 하고 나면 스트레스가 풀린다. 나 혼자 노래방에서 1시간 이상 슬픈 노래를 하면서 울고 나오면 스트레스가 좀 풀리곤 한다. 20대에도 혼자서 노래방에서 노래 부르면서 울고 나오면 조금이나마 마음이 가벼워졌다. 지금도 노래를 듣는 것을 좋아한다. 차 안에서 노래를 크게 틀어 놓고 듣는 것을 하면 좋다.

두 번째는 여성회관에서 기초소묘를 등록해 1년 가까이 배우고 있다. 솔직히 처음에는 그림에 대한 두려움이 있어 조금이라도 그려 보고 싶어서 배웠다. 정말 처음 소묘를 배울 때는 구도가 뭔지, 단계를 내는 것이 뭔지 아무 것도 몰랐고 겁이 났다. 가르치는 선생님조차 내가 너무 어려워해서 오래 다니지 못하고 포기할 것이라고 속으로 생각하셨다고 한다. 하지만 세 시간 수업을 다 채우지는 못해도 내가 조금씩 달라질 때마다 칭찬을 해 주시니 기분이 좋아 소묘를 자꾸 배우러 오게 된다.

그리고 같이 배우는 분들이랑 얘기하면서 깔깔거리고 있으면 기분이 좋아진다. 나와 얘기를 해 주는 사람들도 있고 남의 얘기를 들어 주기도 하니 좋다. 그리고 그림의 '그' 자도 모르던 사람이 잘하지는 못해도 실력이 나아진 것이 만족스럽다. 내가 나아진다는 것이 나에 대한 보상인 것이다. 내가 대견한 것이다. 스스로 자신에게 동기부여를 하면 스트레스를 100% 털어내지는 못해도 조금은 풀리는 것이다.

세 번째는 내가 하고 싶은 일들을 하는 것이다. 솔직히 나는 자격증을 많이 따기를 원한다. 앞으로의 생계 때문에 자격증을 많이 따 놓았다. 미래를 위해 내가 직장을 잃어도 곧바로 일을 할 수 있는 자격증들을 취득했다.

10년 전에 내가 엄마를 요양을 해야 한다면 내가 돌봐야 한다고 생각해 요양보호사 자격증을 땄다. 그래서 덕분에 지금도 많은 도움을 받고 있다. 요양보호사는 퇴직이 없기 때문에 내가 능력만 된다면 할 수 있을 때까지 할 수 있기 때문이다. 그리고 어르신들을 대하는 것이 더 편해서 정말 잘한 일이라 생각된다.

자격증을 딴 것을 말하면 화물운송종사자격증, 택시운전자격증, 홈패션강사자격증, 요양보호사 자격증, 치매수료증(치매어르신 대상) 등등이 있다. 지금 다니고 있는 회사를 그만두고 60세나

70세가 되더라도 퇴직이 없는 자격증을 취득해 언제든 경제활동을 할 수 있게 해 놓으니 마음이 편하다. 자격증을 딸 때는 힘들었지만 내가 이렇게 많은 것을 따 놓으니 대견하다는 생각이 든다. 이런 자격증이 있다고 주변 분들에게 말하면 대단하다고 하신다. 앞으로도 나는 내 경제활동에 도움이 되는 자격증에 계속 도전해 보려고 한다.

스트레스는 어떻게 풀어야 할까? 사람들마다 자기만의 해소법이 있을 것이다. 어떤 사람은 자기에게 보상을 해 줄 것이고 어떤 사람은 여행하는 것을 좋아할 테고 영화를 보거나 하는 사람도 있을 것이다.

난 보건소에서 그간 힘들었던 일을 얘기하면서 속에 있던 것들을 풀어놓으면 그날은 스트레스가 풀린다. 한바탕 속마음을 얘기하고 나오면 좀 속이 풀린다. 하지만 다른 데 가서 다른 사람에게 내 속마음을 얘기하면 사람들은 비웃고 뭘 그런 걸 가지고 그러냐고 속으로 생각을 할 것 같다는 생각도 한다. 난 상담을 받기 시작한 것이 행운이다. 다른 사람들에게 얘기 못 하는 것을 보건소에서 얘기하고 나면 속이 시원하다. 상담선생님도 공감을 해 주고 하니 나도 모르게 꺽꺽거리면서 울게 된다. 애들이랑 살면서 힘든 일, 직장 동료들과의 힘든 일 등 공감을 해 주시니 마음이 편하다.

소묘를 배운 것도 나에게 활력을 준 것 중 하나이다. 항상 못

하는 사람, 자신감 없는 사람이었던 내가 잘할 수 있는 것도 있다는 것을 알게 된 것이다. 아직도 실력은 부족하지만 무엇이든지 오래 하고 끈을 놓지 않고 꾸준히 한다면 못하던 것도 할 수 있다는 것을 배웠다. 다른 사람들은 처음 접해도 타고난 재주로 잘하곤 하지만 그것에 스트레스 받지 않고 나는 나의 조그마한 발전에 스스로 칭찬을 해 주고 싶다. 꾸준히 하다 보면 선생님의 손길이 닿지 않아도 나 스스로 할 수 있을 때가 나올 거라 생각한다.

소묘 선생님이 펜 드로잉을 가르쳐 주면서 잘한다고 칭찬을 해주시니 정말 기분이 좋았다. 내가 잘할 수 있는 것도 있다는 것에 뿌듯한 것이다. 사람은 뭐든 한 가지는 잘할 수 있는 것이 있기 때문이다. 이렇게 배우러 가는 것이 바쁜 와중에도 힘들지만 난 나에게 이렇게 보상을 해 주고 스트레스를 풀고 있다.

사람은 스트레스 없는 곳에서 살 수가 없다. 내가 어떻게 스트레스를 받아들이냐에 따라서 나에게만 불행한 일이 될 수도 있고 가볍게 넘어갈 수도 있다. 사람들 살아가는 것은 거의 비슷하다. 나에게만 불행한 일이 있는 것도 아니니 너무 스트레스 받지 말고 살아가면 될 것이다. 각자만의 스트레스 푸는 방법을 찾는다면 좋겠다. 이 세상은 행복하고 즐거운 일들도 많기 때문이다.

5

지금 행복하자

이어은

알 수 없는 내 인생

지방대 사진학과를 졸업하고 서울에서 잡지사의 사진기자를 거쳐 웨딩스튜디오와 베이비 프랜차이즈 스튜디오를 거치기까지 수백 번의 면접과 수천 번의 이력서 지원이 있었다. 사진 계통이 워낙 월급도 짜면서 일과 근무시간은 많은 곳이라 쉬지 않고 계속 일을 할 수 있었지만 사람들 쉬는 휴일에 쉴 수 없고 평일에 하루씩 쉬어야 하며 월급도 박봉이다. 대학교 다닐 때 기둥뿌리 하나는 뽑아 쓴 거 같은데 현실은 녹록지 않았다. 그래도 할 줄 아는 것도, 좋아하는 것도 사진이라 그 끈을 놓을 수는 없었다.

서울생활은 나에게 좋은 기억보다는 힘든 시간을 견뎌야 했던 기억을 더 많이 남겼다. 그러던 어느 날 2007년 구정 연휴 때 '돌싱'이었던 친구가 남자친구를 보여 주고 싶다고 같이 한번 만나자고 해서 잠실에서 만났다. 친구는 남자친구가 자신과 띠동갑이라고 했다. 엄청나게 놀랐던 나는 "너 미쳤구나! 왜 그러냐? 너!" 이런 말까지 했다. 지금 생각하면 후회가 되지만 그때는 그 말을 해도 된다고 생각했다.

그리고 다음 날 그 문제의 남자친구를 만났다. 엄청 동안이었던 그 남자친구는 내 친구와 함께 방콕에서 현지 가이드와 협력하여 여행사를 운영하고 있다. 친구는 몇 년 전 이혼을 하고 이 나라를 떠나고 싶다더니 가끔 한국에 들어오고 또 나가고 하는 그런 생활을 반복하고 있었다.

당시 29살이었던 내가 남자를, 그것도 돌싱이고 나이도 많은 사람을 보는 눈이 있었을까? 그 남자 역시도 나를 어린애로 봤을 것 같다. 아무튼 그냥 만나서 이야기하면서 피자 먹고 웃고 떠들다가 친구의 남자친구가 다음 날 소개팅을 제의했고 마침 연휴가 다음 날까지라 출근 전 하루 여유가 있어서 오케이 했다. 친구는 괜찮겠냐고 걱정했지만 "아니면 말면 되잖아!" 한마디를 남기고 우리 셋은 다음 날 서울역에서 만났다.

소개팅 상대는 기차를 타고 온다고 했고 그때가 마침 KTX 서울역이 새롭게 생겼을 때라 그곳에서 만나기로 했는데 당황스러운 일이 생겼다. 소개팅 상대가 친구의 농담인 줄 알고 출발도 안 했다는 것이다. 다행히도 나는 그날 시간이 많았다. 그렇게 2시간 넘게 기다려서 만난 그 남자가 지금 내 두 아들의 아버지이며 나와는 딱 띠동갑인 남편이다.

결혼 전 임신사실을 숨기고 결혼을 하고 싶었지만 그건 혼자만의 엄청난 착각이었다. 남편과 친정엄마는 같은 양띠로 12살 차이, 장인어른과는 13살 차이가 난다. 남편은 우리 막내삼촌과 같은 회사를 다니고 있었고 게다가 나이도 동갑이었다. 이렇게 남자친구와 상상을 초월하는 나이 차이였던지라 출산 전 결혼식을 하는 일은 택도 없는 일이 되었다.

시집간다고 하면 좋아하실 줄 알았는데 상상할 수 없는 반대에 부딪혔다. 친정아빠는 남자친구가 41살까지 결혼을 한 번도 안한 건 사실이 아니라고 확신하시며 여러 가지의 서류를 요구하셨다. 지금 생각하면 너무 웃기지만 딸자식이 사기꾼 만났다고 생각하신 듯했고 충분히 이해된다. 내가 뭐라고 우리 신랑을 그렇게 쪼셨는지. 근데 또 너무 쉽게 허락해 줬어도 지금에 와서는 또 서운했을지도 모르겠다. 결국에 나는 직장을 그만뒀고 서울 전셋집 계약서도 부모님께 뺏기고 남자친구 차에 짐을 싣고 밤에 서울에서 쫓겨나 경기도 평택으로 왔다. 아무 계획도 없이 그냥 남자친구를 믿고 따라온 것이다.

첫째를 2월에 낳고 그해 11월에 감사하게도 날을 잡아 주셔서 결혼식을 할 수 있었다. 일생에 가장 돼지였을 때 결혼식을 했다. “살 좀 빼고 내년에 하고 싶어요.”라고 말하고 싶었지만 안 시켜 주실까 봐 바로 해 버렸다. 결혼식 사진은 지하실에서 다시는 빛을 보지 못하는 운명이 되었다.

한 사람만 믿고 인생을 선택한다는 건 정말로 위험한 일이며 부모님과 가족들이 반대하는 결혼을 강행한다는 것 또한 엄청난 도박이라는 생각을 12년이 지난 지금에서야 하게 되었다. 내가 그때 미쳤지, 무슨 생각으로 그런 결심을 했던 걸까? 그때는 아이를 낳고 이 사람과 함께 남은 인생을 살아가겠다는 결심 이외에는 아무것도 생각하지 않았기에 가족들과 연락도 끊고 몇 달을 시위를 했었는데 그때 친정 부모님들께서는 얼마나 힘든 시간을 보내셨을까 생각하면 죄송한 마음뿐이다.

누구나 평범한 인생을 살아가기를 바란다. 나 또한 그랬다. 그럼에도 불구하고 인생은 어떻게 진행될지, 내 앞에 어떤 일이 닥칠지는 그 누구도 예측할 수 없기에 순간순간 그 상황에서 내가 할 수 있는 일에 최선을 다하고 선택한 일에는 후회하지 말아야 한다는 것을 마흔 살의 인생을 시작하며 깨닫게 되었다.

55년생인 친정엄마는 아직도 67년생 사위에게 편하게 말을 못 하신다. 54년생 아빠는 “유 서방 왔나(경상도 사투리)”, “내비게이션 업그레이드 좀 해 봐라”, “밥 묵자 유 서방”, “이리 온나” 하며 완벽 적응하셨지만 엄마는 아직도 유 서방이라는 호칭도 불편해 보인다.

남편은 아는 동네 누나보다도 젊은 어머님께 다정하고 상냥하고 친절한 사람이다. 안부전화를 자주 하지는 못해도 집에 들를 때 TV며 세탁기며 아빠가 귀찮아서 쌓아 둔 집 안의 기기 보수도 해 주고 컴퓨터 조립도 잘하여 컴퓨터도 고쳐 주고 공유기도 봐 준다. 12년 동안 한결같은 이 사람과 서울에서 야반도주를 강행했던 그때, 모두가 반대했던 사람이어도 내 마음이 가는 대로 결심한 것이 얼마나 다행인지 남편에게 항상 감사하다.

지역에서 부모육아교육에 있어서 저명하신 조선미 박사의 강연장을 갔을 때다. 맨 앞줄에 앉아 있던 내게 "행복하세요?"라고 질문을 했다. "네."라고 1초의 망설임 없이 행복하다 대답했다. 지금의 내 삶과 지금의 내 모습과 지금의 우리 가족 모든 것이 조화로운 지금이 난 행복하다. 물론 이 행복에 언제 예고 없는 불행이 닥칠지는 모르지만 지금 현재의 감정에 충실하기로 한다.

김민식 피디의 『매일 아침 써봤니?』에서 책 속의 책으로 소개되는 서은국 교수의 『행복의 기원』이라는 책을 보면 "행복은 객관적인 삶의 조건에 의해 크게 좌우되지 않는다."고 말한다. 또한 "행복은 '한 방'으로 해결되는 것이 아니다. 모든 쾌락은 곧 소멸되기 때문에, 한 번의 커다란 기쁨보다 작은 기쁨을 여러 번 느끼는 것이 절대적이다. 그러므로 행복은 기쁨의 강도가 아니라 빈도다."라고 나온다.

이 책은 행복에 대한 철학적인 논의에 지루했던 사람들에게 과학적으로 행복을 느끼는 과정과 뇌에서 심장에서 느끼는 행복이라는 감정에 대해서 들려 주는 재미있는 책이다. 이 책을 읽으면서 '내가 행복해지려면 어떻게 해야겠구나' '내가 성격이 '외향적'이라 이렇게 받아들이고 행동했었구나' 등 무릎을 딱! 칠 수 있는 많은 과학적 근거가 있다. 서울에서 혼자 살던 삶에서 가족이 생기는 새로운 삶으로 가는 과정은 참 힘든 시간이었지만 지금 2019년 9월에 느끼는 감정은 "나는 누구보다 행복하다."이다. 좋아하는 노래 중 이문세의 '알 수 없는 인생'이라는 곡의 가사가 참 좋다.

"언제쯤 사랑을 다 알까요?
언제쯤 세상을 다 알까요?
얼마나 살아 봐야 알까요?
정말 그런 날이 올까요?"

누구나 행복을 기다리고 기대하고 있다. 그렇지만 마흔 인생을 시작해 보니 행복은 기다린다고 오는 것은 아니었다. 행복하기 위해서는 누구보다 먼저, 누구보다 열심히 행복 마중을 나가야 행복을 만날 수 있다는 것을 깨닫게 됐다. 오늘도 그 행복 마중을 위해서 열심히 컴퓨터 앞에 앉았다.

"행복이여 나에게 오라."

혼자만의 시간

아침 등교 준비와 아이들 수영을 끝내고 집으로 돌아와서 저녁을 준비한다. 빠르게 식사를 끝내 주기를 종용하고 설거지를 끝내고 나면 혼자만의 시간이 시작된다. 나에게는 무엇과도 바꿀 수 없는 달콤한 시간이다. 그래서 억지로 빠른 취침을 강요하기도 한다. 예전 TV에서 어떤 연예인이 가족과의 시간에서 항상 "따로 또 같이"라는 기준을 지킨다는 말을 들은 적이 있다. '아~~~ 좋다. 그렇다면 나도 그래 볼까?'

현재 가족과의 휴일과 여행을 어떻게 보내고 있나 생각해 봤더니 무조건 우린 함께였다는 사실을 알았다. 물론 가정적인 남편이 없었더라면 불가능한 일이었지만 굳이 그래야만 했었나 싶다. 아이들이 너무 어렸을 때는 나 혼자 대중교통을 이용해서 아들 둘을 데리고 다니는 일이 두려워 무조건 남편과 함께였다.

이제는 아이들도 화장실 정도는 혼자 갈 수 있는 만큼 자랐고

5학년 아들은 "아울렛 갈 거면 집에서 게임을 하면 안 될까요?" 이런 질문을 하여 몇 번은 허락해 주기도 했다. 그랬더니 홀가분하게 다닐 수 있고 남편과 팔짱을 끼고 천천히 둘러보며 차도 마시는 여유가 생겼다. 아이를 꼭 데리고 다녀야 한다는 의무감에서 조금은 벗어난 마음으로 아이들이 슬슬 커 가면서 나도 혼자만의 시간이 필요한 것 같았다.

2학년 둘째도 벌써 형아 시늉 하느라 너무 빨리 게임을 시작하고 미디어에 너무 노출이 된 듯하지만 하지 마라 하면 더 하고 싶은 게 아이들 마음이더라. 나도 그랬던 것 같아서 요즘은 많이 받아 주고 인정해 주려 부단히도 노력하고 있다. 결혼 12년 차에 벌써 아이가 없는 시간을 둘이서 즐긴다고 하면 너무 빠르지 않냐고 하는데 그때그때 다른 거 아닐까? 요즘 아이들 없는 시간을 만끽하려고 부단히 노력하는 중이다.

여름방학이 며칠째 지속된 하루였다. 나의 집안일을 도와주는 최고의 도우미는 건조기다. 옷이 많이 줄어들 염려가 없는 기능성 의류를 50분 코스로 돌리고는 컴퓨터 앞에 앉아서 더운 날씨에 힘들게 끓인 보리차에 얼음 가득 넣어 시원하게 원샷 하고는 열심히 키보드를 치고 있다. 이런 고요한 시간이 참 좋다.

독서모임에서 『혼자만의 시간의 힘』이라는 책으로 서로의 이야기를 나누는 시간이 있었다. 각자 혼자만의 시간에 특별히 하는 것이 있냐는 질문을 하고 서로의 이야기를 나누었다. 그런데 나는 특별하게 혼자만의 시간에 힐링이 되는 취미가 없다는 것을 알게 됐다. 어떤 선생님은 조조영화를 혼자 보러 간다고 하던데 내겐 혼자 영화를 본다는 것 자체가 엄두가 안나는 일이라 단 한 번도 시도해 본 적이 없다. 혼자 뭔가를 해본 적이 별로 없다는 게 부끄럽고 자존감 없어 보이는 것 같았다.

난 혼자 할 줄 아는 게 없는 사람인가? 왜 항상 다른 사람과 함께해야만 했었나? 이런 생각 저런 생각 하다 보니 지금은 아이들, 심지어 남편이 없는 시간마저 즐기고 있지만 혼자만의 시간을 쓸쓸하고 외톨이라고만 생각했던 20대의 나 자신이 보였다. 외롭고 혼자인 게 싫어서 응했던 의미 없는 연애들, 그 시간이 애절하고 진실하지 못했으니 오래 이어지지도 않고 서로에게 상처만 주는 관계로 끝이 났던 것 같다.

그때의 난 왜 책을 보지 않았을까? 카네기의 『인간관계론』을 2005년에 샀으나 내가 그 책을 제대로 읽은 건 2018년이었으니 그때의 나는 아무래도 책을 읽기가 상당히 힘들었던 것 같다. 어렴풋이 기억이 나는데 책을 펴기만 하면 책장을 다섯 장을 넘기기도 전에 깊은 잠을 자거나 누워서 책을 보다가 책을 놓치는 바람에 코에 책을 떨어뜨리기도 했었던 기억이 난다. 지금도 책을 읽기가 힘든 건 비슷하지만 책 속에 어떤 이야기가 숨겨져 있을까, 난 또 이 책 안에서 어떤 것들을 느끼고 어떤 걸 반성하고 어떤 목표를 하나 만들어 볼 수 있을까 이런 기대를 하다 보면 책을 읽는 게 신나고 기분도 좋아진다.

고등학교 때는 심지어 도서관이 어디에 있는지조차도 모르고 살았다. 검정은 글씨요 하얀색은 종이구나, 나에게 책이란 그 어떤 의미도 없었다. 나이 마흔에 진짜 독서를 시작했다. 이 멘트는 내가 운영하는 블로그의 인사말이다. 독서를 하면서 내게 생긴 가장 큰 변화는 혼자만의 시간을 더 이상 두려워하지 않는다는 것이다. 사이토 다카시의 『혼자 있는 시간의 힘』에는 다음과 같은 말이 나온다.

"함께 있다고 다 좋은 영향을 주고받는 것은 아니다. 무리지어 다니면서 성공한 사람은 없다. 뭔가를 배우거나 공부할 때는 먼저 홀로서기를 해야 한다. 머리의 좋고 나쁨이나, 독서의 양보다는 단독자(현대인은 자신의 자유와 주체성을 버리고 집단 속에 묻혀 자기를 잃어간다. 그 전체, 즉 집단의 반대편에 서는 존재를 키에르케고르는 '단독자'라는 개념으로 설명했다)의 자질이 필요하다."

20대의 나에게 누군가가 이런 이야기를 해 주었다면 '나한테 이런 말을 왜 하는 거야? 무슨 말이 하고 싶은 건데 나한테 혼자 있는 시간을 가지래?' 이런 말도 안 되는 의심을 품었을 것이다. 그렇지만 마흔이 된 내가 이 글과 마주하고 보니 '맞는 말이야! 그렇지!' 이런 순간이 한두 번씩 생기기 시작했다.

그래도 혼자만의 단독자가 되어 고독을 즐길 수 있다는 건 나에게 너무 어려운 일이 아닌가? 그래서 고독을 즐겼던 작가들의 작품을 이 책에서 몇 권 추천해 주는데 그중 『인간 실격』과 카프카의 『변신』이라는 책을 읽어 봤다. 외로움을 글로 표현한다는 것이 이런 글이구나! 사람들에게 상처받고 혼자의 외로움을 다 받아 내는 등장인물들의 삶의 태도나 마음에서 깊은 외로움이 느껴져서 책을 다 읽고도 기분이 암울해지는 것 같았다. '역시 나와는 어울리지 않아', '나는 이제 조금씩 혼자만의 시간을 즐기는 것뿐'

사람들은 외로움을 어떻게 이겨 나갈까? 외로움이라는 감정을 느껴 본 적이 없는 나라는 사람에게서 이런 답을 찾기에는 내 공이 많이 부족하다는 깨달음을 가지고 생각을 접을 때쯤 책이 답을 제시해 줬다. "외로움을 극복하기 위한 세 가지 기술이 있는데 첫 번째가 눈앞의 일에 집중하는 것이다. 그리고 두 번째는 원서를 읽거나 번역을 해 보는 것이다. 그리고 세 번째는 독서에 몰입하는 것이다."

띵 띠리리 띵띵 띠띠리 띠리리 띵띵~~ 건조기가 모두 돌아갔다고 알람음이 울린다. 나에게 있어 첫 번째, '눈앞의 일에 집중한다.'는 대부분 집안일 또는 아이들과 관련된 일들이다. 밥차리기, 간식준비, 청소, 빨래, 준비물 챙기기, 학원스케줄 챙기기 그리고 내가 시키고 싶은 수영 스케줄 맞추기 위해 시간 조절하기다. 한 번 정해서 쭉 이어지면 좋은데 자꾸 변수가 생긴다.

아이들이 가끔 한 번씩 학원을 안 가고 싶다고 하면 보강 약속도 잡아서 기록해야 하는데 자꾸만 잊어버린다. 머릿속이 정리가 안 되니까 해야 할 일도 정리가 안 되는 상태다. 자꾸만 커 가는 아이들을 잘 돌보기 위해서는 내가 정신을 더 바짝 차려야 하겠다.

둘째, '원서를 읽거나 번역을 해 본다.' 너무 고난이도라 영어 가방끈이 짧은 나로서는 시도하려고 마음조차 먹어 보지 않았다. 내 수준에서 할 수 있는 것은 유튜브로 영어공부를 하고 문장을 외워 보면서 영어권에서 유창한 영어로 음식을 주문하는 모습을 상상하는 정도로 삶에서 제2외국어의 학구열을 불태우고 있는 것이다.

세 번째, '독서에 몰입한다.'로 넘어가면 2년째 참석하고 있는 독서모임을 통해 한 달에 최소한 두 권은 읽고 있다는 것에 무한한 자기만족을 하고 있다. 책 속의 많은 가르침과 명언들이 내 삶에서 실천거리로 구체화되어서 목표를 정한다는 자체만으로도 한 달 동안 내 삶을 내가 주체적으로 이끌어 가며 내 삶의 주인은 내가 되어 간다는 것이 뿌듯해지기도 한다.

사이토 다카시가 말하길 "혼자 설 수 있어야 함께 잘 설 수 있다."고 했다. 돌 즈음 혼자 서지 못하는 아이를 어떻게 해서든 걷게 하려고 엄마들이 엄청 노력하곤 한다. 개중에는 억지로 계속 훈련을 시키는 엄마도 있지만 보통 아이 스스로가 혼자 걷기 위해 벽을 잡고 일어서려고 하듯 돌 때 한 번 일어선 후 인생에서 두 번째로 혼자 잘 서 보려는 것은 다른 사람들과 함께 잘 서고 싶은 발버둥은 아닐까.

혼자도 함께도 제대로 서 있지 못했던 나는 오늘도 글을 쓰고 책을 읽으면서 혼자 잘 서 보려고 발버둥을 치고 있다. 언젠가는 모든 것에서 혼자 제대로 서 있을 자신을 위해서 항상 스스로를 응원한다.

이제야 엄마를 이해합니다

나의 기억 속에 엄마는 항상 바쁘게 움직이는 사람이었다. 가장 먼저 일어나고 밤늦게까지 부엌의 싱크대 앞에서 벗어나지 못하는 사람이었다. 엄마는 아들을 참 좋아했고 그래서 난 엄마도 싫고 그 엄마의 아들인 내 남동생도 싫어했다.

아직도 기억에 남는 일이 하나 있는데 내가 생리통으로 배가 너무 아파서 안방을 때굴때굴 구르며 아파하고 있을 때였다. 엄마는 "약 사다 먹어라." 이 말만 남기고 가 버렸다. 내가 좀 더 냉정하고 감정에 휩싸이는 사람이 아니었더라면 그날이 되기 전에 약을 가득 사 두었을 것이고 특별히 감정이 상하는 일로 기억되지 않았을 것이다. 하지만 그 시절의 나는 질풍노도의 시기여서 아무 말도 안 들리고 잔소리만 해도 미쳐 버릴 것 같았다.

그때 엄마는 저녁식사를 끝내고 거실과 안방을 걸레질하면서 참 넋두리가 길었다. 혼잣말이 뭐가 그리 길었는지 정확하게 기억에 남는 말은 "너 닮은 자식 낳아서 키워 봐라."는 저주의 말과 신세 한탄이었던 걸로 기억한다. 우리 엄마는 눈만 뜨면 밥하고 가게 보고 한 푼이라도 더 아끼려고 도시락을 싸서 밥을 나르고 매일 일만 하는 사람이었다. 그냥 쭉 엄마는 그렇게 살았다. 이상하게도 엄마는 그렇게 살아도 되는 사람이라고 생각했던 것 같다.

세월은 흘러 내가 결혼을 해서 아들을 둘 낳은 애 엄마가 되었고 현재 첫째가 정확히 13세 사춘기에 접어들었다. 너무 무서운 이야기지만 나도 요즘 저녁시간이 끝나고 나면 걸레질을 하면서 혼잣말을 그렇게 많이 한다. 나는 우리 첫째가 나를 보면 예전에 내가 엄마를 보면서 느낀 감정들을 느낄까 봐 걱정스럽다. 나를 무기력해 보이고 감정조절 안 되는 한심한 아줌마로 생각하고 집에 있는 시간이 지옥 같다고 느낄까 봐 두렵다.

2년 전쯤 우리 독서모임 운영을 계획하면서 다른 독서모임 운영이 궁금해서 다른 독서모임에 참여해 본 적이 있었는데 그날 함께 나눌 책은 고혜정 작가의 『친정엄마』였다. 나는 책 표지에 "신은 모든 딸들과 함께할 수 없어 친정엄마를 보내셨다."라고 적혀 있는 글을 보고 헛웃음이 나왔다. '말도 안 되는 소리'라고 확신하고는 책을 읽어 가기 시작했다. 역시 말이 안 되는 상황이 많았다. 나는 받아보지 못한 딸을 향한 엄청난 친정엄마의 헌신과 사랑이 느껴지는 상황이 계속 전개되는 글을 읽다 보니 짜증이 슬슬 나기 시작했다.

"나는 왜 이런 사랑을 못 받은 거지?"
"우리 엄마는 왜 나한테 이렇게 안 해 준 거지?"
"내 엄마가 맞는 거야?"

말도 안 되는 이런 질문만 스스로에게 하고 있었다. 나도 엄마한테 사랑받고 싶었는데 남동생만 예뻐하던 엄마에 대한 질투와 미움이었다. 책에 등장하시는 어머님은 전북 정읍에서 서울까지 김치며 통조림이며 싸서 들고 오고 딸이 좋아하는 반찬은 딸이 집을 떠난 이후로 한 번도 드신 적이 없다고 한다. 이게 말이나 되는 이야긴가? 우리 엄마는 안 그럴 텐데. 나 없어서 내가 좋아하는 빨간 쇠고깃국에 회 잘 드시던데 나는 왜 이런 친정엄마가 없는 거야?

나는 작가를 향한 친정엄마의 사랑을 나도 모르게 부러워하고 있었다. 책을 읽는 내내 엄마를 원망했다. 반대하는 결혼을 한다고 내가 첫째를 낳을 때도 와 주지 않았고 내가 속도위반하고 결혼하고 싶다고 했을 때도 수술비 보내면서 수술하고 집으로 돌아오라고 했던 엄마에 대한 원망이 아직도 내 맘속에 남아 있었다. 책을 단숨에 다 읽고 한참을 아무 말 없이 생각하고 또 생각했다. 우리 엄마는 왜 그럴 수밖에 없었을까? 내가 생각해 낼 수 있는 모든 기억들을 모으고 또 모아서 엄마와의 기억을 다시 더듬어 갔다.

8살 때쯤부터 기억이 나는 듯하다. 아빠는 회사 다니고 엄마는 만화방을 했고 아빠가 회사에서 산재로 허리를 다치고 회사를 그만두게 되면서 엄마는 더욱 더 바빠졌다. 등산장비점, 비디오 가게, 동네 사진관, 일을 벌려 놓고 나면 나머지 일은 모두 엄마의 몫이었다. 나와 남동생은 집안일을 전혀 도와주지 않았다. 나는 엄마처럼은 절대로 못 살 것 같다. 우리 엄마는 집안일은 기본에 가게일, 사진기술도 마스터해서 돌 사진이나 가족사진도 단숨에 촬영하는 기술자가 되었다.

가장 중요한 건 우리 아빠는 가정적인 남편이 아니었다. 바람 따라 구름 따라 카메라 메고 다니는 메뚜기 아빠셨다. 자동적으로 우리 엄마는 개미 엄마다. 돈 한 푼 맘대로 못 쓰는 알뜰한 우리 엄마는 자식들한테는 엄청 후해서 나는 대학교를 졸업할 때까지도 우리 집에 대출이 있는지도 모르고 살았을 정도였다. 내가 반대하는 결혼을 하려고 했을 때도 아빠는 딸자식을 잘못 키운 게 엄마 탓이라며 진주에서 엄마를 쫓아 보내고 서울 가서 잡아 오라고 했다.

나의 친정엄마는 모질고 나쁜 사람이 아니라 자기한테 주어진 삶을 살아 내기도 힘들었던 사람이었다. 딸자식의 생리통에 그 아픔을 동감해 줄 마음의 여유가 없었다. 내가 아이를 둘 낳고 보니 엄마의 인생이 보였다. 가여운 우리엄마 김선이 씨의 인생이 얼마나 고달프고 힘들었을지 마음이 짠해졌다.

우리 엄마는 진주 시골에서 5녀 1남 중 막내딸로 태어났다. 우리 엄마가 왜 아들을 그렇게 좋아했는지 지금 생각하면 이해가 된다. 지금도 아들이 온다고 하면 소고기를 사 오시는 우리 엄마는 요양보호사를 하시면서 여전히 바쁘게 살아가고 계신다.

나는 이 책을 읽으면서 내 유년시절 나에게 냉정했던 엄마와 다시 만나 화해와 용서를 했다. 나의 친정 엄마가 받아 보지 못한 부모에 대한 사랑을 우리 엄마가 자식들에게 표현하기 어려웠을 것이고 나에 대한 사랑이 부족해서가 아니라 살아 내느라 힘들어서 그랬을 것이라 생각하니 지금은 내 맘이 더 아프다.

책에서 "옛말에 아들은 결혼하면 남이고 딸은 시집가면 진짜 딸 노릇 한다."고 한다. 지금이라도 딸 노릇을 잘하는 딸이 되려고 노력해야겠다. 지금 이 시간에 결혼해서 남이 된 내 남동생은 이런 생각 안 하겠지? 아들 키워 봤자 소용없어! 근데 인생이 아이러니하다는 게 난 그 소용없는 아들을 둘이나 키우고 있다. 나는 내 걱정이나 해야겠다.

화를 잘 내는 엄마

아이들이 문득 귀찮고 짜증스러울 때가 많다.

"나는 불량 엄마인가?"
"나는 모성애가 없는 사람인가?"

이런 생각이 들 때마다 나는 죄책감을 느낀다. '엄마가 될 자격이 없는 것인가? 아이는 왜 둘이나 낳은 것인가?' 이런 질문들에서 생각을 멈추고 술 한잔하면서 잊고 다음날 또 반복된다. 아이들의 해맑은 웃음을 볼 때마다 '그러지 말아야지.' '나는 엄마니까 그러지 말아야지.' 그렇게 생각하면서도 실상은 소리 지르고, 짜증 부리고, 손바닥 때리고, 아이들에게 정서적인 학대를 하고 있었다.

나는 아들만 둘이다. 첫째는 예민하고 까칠하다. 그렇지만 친절하고 온순한 편이며 책도 잘 읽고 피아노도 잘 쳐서 콩쿠르에 나가서 상도 타온다. 공부도 알아서 잘하는 편이고 한글을 가르치지도 않았는데 5살 때부터 글을 스스로 깨우쳤다. 다른 사람들 앞 어디에 내놓아도 부족한 게 없는 아들이며(영어를 빼고) 나머지 학교 공부는 인터넷강의를 통해서 스스로 하는 아들이다. 주변의 엄마들은 훌륭하다고 아들을 추켜세워 준다. 사실 그럴 때마다 나도 기분이 좋고 우쭐해지는 건 어쩔 수 없는 사실이다.

그런데 요즘 게임 때문에 자꾸 싸움이 생긴다. 온라인 게임을 동갑내기 사촌이 시작을 하면서 같이 시작했는데 이게 화근이 될 줄은…. 해도 해도 더 하고 싶은 모양이다. 원 없이 시켜 주자니 내가 그 꼴을 못 보고 살겠다. 내가 게임을 전혀 안 하고 살아서 그런지 이해를 하고 싶지도 해 주고 싶지도 않을 때가 많다. 여름방학을 맞은 첫째와 나는 이번 여름방학을 어떻게 무사히 보내야 할지 머릿속이 복잡하다.

둘째는 초등학교 2학년 여름방학을 맞았는데 '생활계획표'라는 글자를 쓰려면 6번 정도 질문을 해야 쓸 수 있다. 한글에 전혀 관심이 없어서 책만 하루 2권 정말 억지로 읽히고 있다. 보고 있으면 답답하다. 7살 어린이집 다닐 때까지는 어처구니없으면서 그래도 귀엽기만 했는데 초등학교 입학과 동시에 받아 오는 받아쓰기 점수가 왜 내 점수 같은지…. 공부를 안 시켜 왔던 게 많이 후회가 된다.

첫째처럼 남들이 부러워해 주는 능력은 별로 없다. 어린이집 다닐 때 블록대회 나가서 장려상 받고 얼마 전 환경 미술대회에서 특별상을 받는 정도? 그나마 잘하는 게 그림 그리기다. 흥이 너무 많아 아무 데서나 춤을 추는 아이인데 그런 둘째가 나는 창피할 때가 있다. 학교에서 아이들끼리 하는 공연 때 무대에 서고 싶어 하지만 신청서는 내가 잽싸게 버린다. 2학년이 되고 막말로 선생님께 지적을 몇 차례 받기도 했다. 그래서 부모님의 관리가 안 되는 친구들과 멀리하게 하고 학교에서 아이들이 이상한 동영상을 유튜브에서 본다는 사실을 알고 나서는 학교로 수업이 끝나자마자 가서 아이를 데리고 나왔다. 나는 문제행동이라 생각하고 "나쁜 짓이야. 하지 마."라고 소리 질렀다.

첫째는 책 좀 읽고 공부 좀 한다고 이제는 엄마를 가르치려 들고 내가 깜박하면 또 까먹냐고 잔소리도 할 만큼 많이 컸다. 그럴 때면 나와 그 아이의 기 싸움이 된다. 이제 초등 사춘기를 지내고 있는 아이와는 요즘 웬만하면 부딪히지 말고 기준만 정하자고 생각한다. 잔소리는 하지 않고 '옆집아들' 보듯 하려 한다.

둘째는 아직 어려서 자기 의사표현을 제대로 못 할 수도 있지만 잘했던 첫째와 항상 비교당했고 한글을 늦게 읽은 것 또한 비교당했다. 그 아이도 힘들었을 것 같아 미안하다. 첫째가 냉정한 반면 우리 둘째는 참 다정하고 애교가 넘치는 아이인데 칭찬을 들어 본 적이 별로 없는 안쓰러운 아이다. 첫째에게는 도저히 찾아볼 수 없었던 그런 행동을 하는 우리 둘째를 보면서 우리 집에 이런 사람이 없는데 이놈은 도대체 누구를 닮은 것일까? 왜 이러는 것일까? 항상 둘째를 생각할 때는 기준에 부족한 모자라는 아이라는 생각이 들기도 했다.

2학년 어느 날 둘째가 나에게 난데없이 “난 쓸모없는 인간이야?” 이런 질문을 했다. 순간 ‘내가 아이를 망치고 있구나! 이렇게는 안 되겠다.’는 생각을 했다. 자식을 생각하는 기준과 아이들을 포용하는 그릇이 딱 이만큼인 나에게 아이를 키우는 일은 스트레스 그 자체였다. 해소하는 방법을 찾기도 힘들고 아이들을 완전 무시하는 건 아이들에게 나라는 존재가 안개 같아 질까봐 두려워서 싫었다.

나는 나의 태도를 고치려 하지 않고 아이들에게 계속 신경질과 화만 냈다. 첫째는 안 자면 서 있게 벌을 세우고, 벌세운 사실을 잊고 나는 자 버렸다. 그걸 발견한 애들 아빠가 “벌 세우는 건 하지 마.”라며 조심스럽게 이야기했을 때 정말 내가 미쳐 가고 있구나, 더 이렇게 살다가는 내가 아이들에게 무슨 짓을 할지 모르겠다는 공포심마저 느껴졌다. 나는 그때까지도 아이들에게 화를 내고 훈육하는 게 당연하다고 생각하고 살았다.

오래전 마트에서 구입한 매튜 맥케이 외 3인 공저의 『화내는 부모가 아이를 망친다』라는 책을 보고 나는 엄청난 충격을 받았다.

이 책은 화를 내는 부모에게 이렇게 경고한다.

“아이들은 화를 내는 당신의 행동을 똑같이 모방하여 되갚을 것이다. 왜냐하면 당신이 화를 내어(폭력적으로) 문제를 해결하는 것이 정당하다고 생각하게 되기 때문이다. 당신이 상습적으로 화를 낸다면, 언젠가 아이는 당신에게 욕설을 하고 달려들지도 모른다. 그래도 분노하지 마라. 당신이 그렇게 가르쳤기 때문이다. 또한 부모가 아이에게 폭언을 해 버릇하면, 가족의 일원으로서 뭔가 역할을 하고 싶었던 나는 ‘쓸모없는 존재’라는 무기력감을 가지거나, ‘될 대로 되라’는 식으로 생각할 수 있다.

아직 정체성이 형성되지 않은 아이의 잘못은 어른의 잘못에 비하자면 극히 미미하다. 아이는 어디까지나 아이임을 명심해야 한다. 아이들의 유일한 목적은 관심을 끄는 것이며, 관심을 끌기 위해선 무슨 일이라도 한다는 아이들의 행동 메커니즘을 이해한다면, 반사적으로 화를 내는 일만은 자제하겠다는 생각이 들지 않는가?”

누군가가 내 행동을 관찰한 후 이야기를 해 주는 것만 같았다.

살면서 나를 힘들게 하는 일들 중 대부분은 사람을 통해서 얻는 힘듦이었다. 사람들에게 소리 지르고 화내지 못했으면서 나는 어린 내 아들들의 미미한 잘못에도 매를 들고 소리를 질렀다. 아이들은 잘 자라고 있는데 아이들이 커가는 만큼 나는 자라지 못하고 있었다. 9살 아이의 입에서 “나는 쓸모없는 인간”이란 말을 하게 하는 나는 ‘나쁜 엄마’이다.

이 책을 읽고 많이 울었다. 나의 잘못을 아이들이 그대로 배워서 나에게 달려든다니 너무 무서운 그 글은 내 심장에 비수처럼 꽂혔다. ‘화’는 지금도 수시로 치밀어 오른다. 그때마다 ‘아이들이 보고 배우겠지 진정하자.’ 이런 말들을 맘속으로 되뇌인다.

나는 아이가 12살, 9살이 될 때까지도 아이들을 나의 소유물로 생각하고 있었고, 아이들을 있는 그대로 소중한 존재로 받아주는 엄마이기 전에 남들 눈에 그리고 내 기준에 합당한 아이로 살아가 주기를 강요하는 엄마였다. 솔직히 지금도 은연중 계속 강요하고 그러지 못한다면 해야 한다는 압박을 계속하고 있지만 그런 이유로 아이들을 힘들게 하지는 않을 것이다.

항상 내 감정에 휩싸여 아이들을 혼란스럽게 하고 상처를 준 나 자신을 반성한다. 아이를 키우면서 참아 내는 것이라고 여기고 살았던 시간을 반성한다. 하루하루 오늘도 무사히 아이들에게 화내지 않고 살아 내기가 내 숙제이다. 화를 내지 않으면 아들들과 엄마와의 관계는 당연히 좋아지겠지? 여름방학이 일주일이 지났다. 남은 여름방학을 위해 오늘도 나는 ‘화’ 일기를 쓴다.

6

서툴러도 괜찮아

이유정

출산장려? 출산고려!

29살이라는 그렇게 늦지 않은 나이에 사랑하는 한 남자와 가정을 이루었다. 현재 나이 33살, 슬슬 노산이 우려되는 나이가 되었다. 생각해 보면 28살 때부터 이직을 위해 면접을 보면 절대 빠지지 않는 질문들이 있었다.

"남자친구 있어요?"
"결혼계획은 있어요?"

처음에는 그냥 이제 내가 그럴 나이가 되어 가는구나 하고 단순하게 넘겼다. 하지만 그러한 질문들이 반복되었고, 결혼 적령기인 나의 나이가 취업에 긍정적인 영향을 주지는 않는다는 생각이 들었다. 시간이 지나면서 그러한 형식적인 질문들이 나를 위축되게 만들었고, 참 아름다운 나의 28살 나이를 부끄럽게 만들기도 했다. 설상가상으로 결혼 후 나에게는 다음 단계의 질문이 기다리고 있었다.

"결혼했으면 아이는 언제 가지실 거예요?"
"우리는 오래 일할 사람을 찾는데요."

객관적으로 경영주 입장에서 생각해 보면 사실 이해 못 할 질문들도 아니다. 하지만 상처받은 마음이 무뎌지기도 전에 비수가 되는 말들은 빠르게 업그레이드 되어 내 가슴에 깊게 꽂혔다.

"차라리 자녀가 있으신 분이 출산예정인 여성분보다 낫지요."

그렇게 나의 면접 내용의 50% 이상은 동의하지 않은 나의 출산계획으로 채워져 갔다. 그러한 일이 반복되면서 취업을 위해 임신계획이 없다고 거짓말을 해야 하나 생각도 했지만, 미래의 아이에게 너무나 미안한 마음이 들어서 그러지는 못했다.

한 가정을 이루어 2세를 출산하는 일은 너무나도 당연하고 자연스러운 일이다. 한 여성이 결혼 후에 직장생활을 하는 것도 특별하지 않은 일이다. 하지만 한 여성이 출산 후 직장생활과 가정생활을 동반하는 일은 특별하지는 않지만 쉽지도 않은 일이다.

과거에 상대적으로 여성들의 좋은 근무환경을 대표하는 은행이나 학교에서 근무한 경험이 있다. 하지만 안타깝게도 그러한 근무환경에서도 법적으로 정해진 출산휴가를 자유롭게 사용하기보다는 제한적으로 사용하고 조직의 눈치를 살피는 것이 적나라한 현실이었다. 나라에서는 심각한 출산율 저하를 우려하며 여성들의 출산을 적극적으로 장려하지만, 출산과 육아를 돕고 뒷받침할 사회적 제도나 우리 사회의 현실은 출산을 적극적으로 고민할 수밖에 없는 상황이다.

일과 육아, 두 마리 토끼를 다 잡는 것은 과연 무리인 걸까? 2017년을 기준으로 우리나라와 대조적으로 출산율 1위의 명예를 얻은 나라는 스웨덴이다. 2015년을 기준으로 스웨덴은 여성 경제활동 참여율이 78%로 전업주부의 비율은 2%에 불과하다. 하지만 현재 출산율 1위인 스웨덴도 오래전부터 여성의 경제활동 참여가 높았던 나라는 아니었다. 1930년 대공황 시기에 남자의 일자리 확보를 위해서 여자를 우선적으로 해고하기도 했던 나라이기 때문이다.

스웨덴은 1960년대 후반부터 여성의 경제활동 참여율이 크게 확대되기 시작했다. 스웨덴이 짧은 시간 동안에 출산율 1위 국가로 발돋움할 수 있었던 이유는 여성의 근무형태 유연화와 더불어 시간제근무의 고용안정과 높은 임금 덕분이었다. 또한 육아 돌봄 노동의 공공서비스화가 큰 뒷받침을 해 주었다.

스웨덴의 앞서간 발자취를 보면 우리나라도 사회제도적으로 비슷한 방향으로 나아가고 있다고 생각한다. 불과 몇십 년 전만 해도 전업주부가 더 많았고 여성의 사회적 참여도 현재보다 턱없이 부족했던 과거를 가진 우리지만 현재 여성 경제활동참가율(2019) 59.8%을 기록하고 있다. 비록 제도적으로 아직 미흡하고 개선할 것은 많지만, 우리 사회와 여성들은 성장하고 있다.

『생각 공부의 힘』의 저자 김종원 작가는 인간의 최악의 환경에 대한 삶의 자세를 이렇게 기술하였다.

"세상에서 가장 아름다운 인생을 사는 방법은 상황에 대한 핑계를 대지 않고 묵묵히 자신의 일을 하는 것이다."

"세상의 부조리를 바꾸는 사람은 그것에 항의만 하는 사람이 아니라, 그럼에도 불구하고 묵묵히 일하는 사람이다."

내 안에 언젠가부터 나만의 내재된 에너지를 마음껏 표출하지 못하는 답답함과 그로 인한 내적인 갈증이 생겼다. 내가 처한 상황은 절대 변하지 않을 것 같았고, 그래서 불안과 걱정만 늘어갔다. 하지만 이제 나는 나의 현실을 받아들이기로 했다. 단순히 사회에 대한 불만으로 가득 찬 사람이 아닌 나의 위치에서 상황에 핑계를 대지 않고 내가 할 수 있는 일을 묵묵히 해내는 사람이 되고 싶다.

나는 주부이기 전에 한 여성이고, 여성이기 전에 한 명의 인간이다. 인간은 왜 일하고자 할까? 미국 심리학자 에이브러햄 매슬로우의 '인간욕구 5단계 이론'은 1단계 생리적 욕구, 2단계 안정과 안전의 욕구, 3단계 사회적 욕구, 4단계 인정과 자존의 욕구, 5단계 자기실현의 욕구로 구성되어 있다. 매슬로우는 말한다.

"보다 낮은 차원의 욕구가 기본적으로 채워지지 않은 상태에서는 그것보다 높은 차원의 욕구는 행동의 동기가 되지 않는다. 예를 들어, 기본적으로 생리적 욕구가 채워지지 않은 상황에서는 사람은 생리적 욕구를 채우기 위해 전력을 집중하게 되며, 안정과 안전의 욕구 이상은 행동의 동기로 작용하지 않는다."

주부가 일하고자 하는 욕구는 4단계 인정, 자존의 욕구이다. 여성으로서 소중한 한 생명을 출산하여 사랑하고 보살피는 모성애와 더불어 자신의 일을 하면서 자신의 가치를 증명하고 인정받고 싶어 하는 한 인간의 본능인 것이다. 일터에서 맡고 있는 업무로 육아에 충실하지 못한 워킹 맘들을 향하여 요즘 엄마들은 모성애가 부족하다는 일침이 보이곤 한다. 물론 자식을 위해 한없이 희생했던 과거의 엄마들과 비교하여 희생이 턱없이 부족해 보일 수 있지만, 일하는 엄마는 죄책감에서 벗어나올 수 없는 것인가?

티캐스트 E채널 '별거가 별거냐' 프로그램에서 박지윤 아나운서의 일하는 엄마에 대한 자신만의 철학이 참 인상적이었다.

"아이에게 엄마가 열심히 일하는 모습을 보여 주고, 긴 시간이 아니더라도 집중하여 아이와 교감하는 시간을 보내면 그만큼 더 훌륭한 교육은 없다."

아이를 위한 무조건적인 희생만이 아이를 사랑하는 방법이 아니라는 생각이 들었다. 만약 내 아이가 딸이라면 더욱더 엄마가 늘 죄책감을 가지고 일하는 모습을 보여 주기보다는 책임을 다하여 자신의 일에 집중하는 모습을 보여 주는 것이 낫다. 그것이면 훗날 아이가 한 여성으로서 일과 육아를 자연스럽게 병행하는 것에 도움이 될 것이다.

우리를 바라보고 미래를 꿈꾸는 아이들을 생각하면 어깨가 무겁다. 그럼에도 불구하고 대한민국 주부들이 일과 육아 두 마리 토끼를 잡는 것이 너무나도 평범하고 일상적인 하루가 되는 그날을 기대한다. 그리고 오늘도 나는 나의 현실에서 할 수 있는 일을 묵묵히 해내겠다.

서툴렀던 오늘을 추억하는 그날이 올 것이다

어느새 4년차 주부가 되었다. 하지만 아직 아기가 없어서 그런지 마냥 새댁 같은 기분으로 살고 있다. 서툴기만 했던 결혼생활의 모든 것들이 이제는 조금씩 자리를 잡아 가고 있다. 나의 독서생활과 결혼생활은 닮은 부분이 있다. 월급을 받으면 한 달에 한 권씩 나에게 책을 선물하기 시작한 지 5년 정도가 되었다. 내 마음을 감동시키고 자극하는 글귀를 옮겨 적거나 나와 같은 생각을 하는 저자를 만나면 말로 할 수 없는 희열을 느낀다. 하지만 나는 여전히 다른 사람에게 독서를 취미라고 말하기에는 너무 부끄럽기만 하다.

2018년 12월 독서모임에 처음 참여했을 때 나 자신이 독서 왕초보라는 생각을 가지게 되었다. 나는 책 한 권을 한 줄 한 줄 곱씹으며 천천히 읽는 것을 좋아한다. 타인과 나의 독서역량을 비교하는 것은 위험할 수 있다고 생각한다. 하지만 독서습관의 성장을 위해서 좀 더 많은 독서 양과 독서의 가속은 필수조건이었다. 그렇게 모임을 통해 독서의 방향을 잡아 갈 수 있었다. 모임의 선생님들은 독서뿐만 아니라 글쓰기에도 열정적이셨다. 독서의 완성은 글쓰기란 말도 있지 않던가?

2019년 12개의 독서리스트가 정해졌고, 벌써 반년이라는 시간이 흘렀다. 한 달에 한 번씩 돌아오는 독서모임은 처음에는 설렘보다는 부담의 시간이었다. 워낙 독서를 사랑하시고 말씀도 조리 있게 잘하시는 선생님들이 많으셔서, 무언가를 잘해야겠다는 부담감이 컸던 것이다. 반년 정도 지난 지금은 목차 순서대로 인상 깊었던 글귀나 독서 후 나의 감상을 차분하게 전달하려고 노력 중이다.

독서모임을 하게 되면서 변화된 것 중 하나는 독서가 독서로 끝나는 것이 아니라 나의 삶의 방향에 영향을 주고 있다는 사실이다. 독서를 통해 깨달은 바를 내 삶에 적용시키고 실천하려고 노력하고 있다. 이러한 실천은 내 삶의 방향과 목표가 점점 선명해지는 느낌이 들어서 참 좋다.

6월의 독서모임 추천도서는 하우석 작가의 『내 인생 5년 후』였다. 하우석 작가는 진짜 인생을 이렇게 표현하였다.

"내가 추구하는 가치를 위해 일하고, 그 가치로 인해 보상받으며, 그러한 삶을 영위한다는 자체가 내가 느낄 수 있는 최고치의 환희의 삶이다. 나의 하루를 소중히 여기고, 외부의 자극으로부터 나의 신념을 지키며, 또 아름답게 가꾸며 마음껏 즐기고 향유하는 삶이다."

내가 여태까지 살아온 인생이 가짜는 아니지만, 이런 삶을 살 수 있다면 얼마나 행복할까 하고 탄성이 절로 나왔다. 나의 신념을 지키며 아름답게 가꾸는 삶… 내가 추구하는 가치를 위해 일하는데 그것으로 인해 보상까지 받다니… 가깝고 구체적인 나의 진짜 미래를 그려 볼 수 있는 정말 의미 있는 글귀이다.

원래 책을 좋아하는 사람은 아니었다. 20대 중반쯤 무언가 간절히 내 삶 속에서의 위로와 응원이 필요했다. 물론 사람을 통한 위로가 더 따뜻할 수 있겠지만, 타인에게 위로받고 격려받는 일이 나에게는 생각보다 쉽지 않은 일이었다. 책은 사람보다 객관적으로 일관성 있게 나를 위로하는 느낌이 들었다. 다소 사회적 네트워크가 협소한 나에게 책은 훌륭한 멘토인 동시에 좋은 간접경험의 대상이었다. 너무 힘들거나 괴로울 때, 책 속에서 가슴에 와닿는 글귀를 한 글자씩 꾸욱 꾸욱 눌러 적다 보면 그 의미와 감동이 나의 마음에 스며들었다.

결혼 후 나의 희망사항 중 하나는 남편이 독서에 재미를 느껴 함께 같은 책을 읽고 생각을 공유하는 것이었다. 아쉽게도 그것은 예상보다 쉽지 않은 일이었다. 여러 번의 권유와 추천 끝에 포기하려 했으나, 독서모임에서 들은 남선생님의 경험담을 듣고 생각을 다시 고쳐먹었다. 세상에서 독서를 가장 싫어하셨던 남선생님은 아내의 권유와 영향으로 지금은 책도 발간하시고, 독서사랑을 몸소 실천하며 살고 계신다.

우리는 좋은 것이 있으면 내가 사랑하는 사람들과 나누고 함께하길 바란다. 나는 독서를 강요한 적은 없으나, 나의 반복되는 권유는 남편에게 강요로 느껴졌을 수도 있다고 생각한다. 이번엔 전략을 바꾸어 독서모임에 다녀와서 즐거웠던 이야기를 공유하거나 독서를 통해서 발전되고 변화되는 나의 삶을 통해 간접적으로 권유해 볼까 한다.

독서를 꾸준히 하기 시작한 후에 생긴 가장 큰 변화는 무엇일까 생각해 보았다. 가장 큰 변화는 나의 인생이 기대되고 즐거워졌다는 사실이다. 평소에 걱정과 두려움이 많은 편이며, 나의 삶이 완전히 통제되어지길 원하는 성격이다. 물론 현재 걱정과 두려움이 모두 사라지고, 내 삶이 무통제된 혼돈의 상황에 놓여도 자신 있다는 말은 결코 아니다. 여전히 나의 미래가 두렵고 걱정되지만, 그러한 시간들을 나의 방향성 있는 미래의 계획과 목표에 구체적으로 다가가는 데 사용하고 있다.

삶에도 선순환 고리가 있다고 하지 않던가? 건강하고 긍정적인 생각과 구체적인 행동은 긍정적이고 감사한 일상들로 이어진다. 독서모임 활동을 시작하면서 향후 5년 안에 책을 출간해 보겠다는 목표를 세웠었다. 감사하고 신기하게도 그 계획은 생각보다 빨리 앞당겨질 수 있을 것 같다. 독서모임 리더선생님께서 함께 책을 출간해 보자는 제안을 하셨기 때문이다. 아직 글쓰기 실력은 턱없이 부족한 초보 독서가지만 도전하기로 결심했다.

누구나 처음에는 서툴고 실수하지 않는가? 자신의 부족함을 인정하고 앞으로 나아가기 위해 노력하면 우리는 어느 순간 자연스럽게 초보딱지를 떼고 몇 년 차 주부, 몇 년 차 독서가가 되어 있을 것이다. 서툴고 부끄럽기만 했던 그 시절을 추억하며 초보엄마가 되어서도, 나 자신을 너무 부끄러워하지 않고 응원해주고 싶다. "처음에는 다 그렇지 뭐… 자연스럽게 익숙해질 거야. 오늘을 추억하는 날이 올 거야."

7

독서로 제2의 인생을 살다

김진수

독서에서 한 단계 더 나아가게 하는 것

"의식 수준을 높이기 위해서는 자신의 현재 수준을 알아야 하고, 꾸준하게 높이려는 의지를 갖고 있어야 한다. 얼마나 많은 시간을 투자해서 책을 읽었고, 무엇을 얻었는지 자세히 기록하게 하라. 그리고 마지막 줄에는 항상 기록한 날짜와 시간을 적어야 한다. 그렇게 쌓은 기록은 자연스럽게 '의식 수준의 역사'가 될 것이다. 아이가 힘들어하거나 귀찮아해도 멈추지 말고 지속적으로 격려하는 것이 좋다. 그 순간은 귀찮을 수 있지만, 훗날 무엇보다 위대하고 빛나는 가치가 될 것이다."

- 김종원 『아이를 위한 하루 한 줄 인문학』 중에서

책만 읽었을 때가 있었다. 그것만으로도 신세계를 경험할 수 있었기에 책에 점점 빠져들었다. 그런데 무언가 2% 부족하다는 느낌이 조금씩 들곤 했다. 그렇게 서서히 독서 슬럼프라는 것이

나에게도 오고 있었다.

'열심히 읽고 있는데 무엇이 필요한 것이지?'

책을 읽다 보니 예전에 읽었던 책과 비슷한 내용을 읽었을 때 어디에 나온 것인지 생각해도 떠오르지 않았다. '분명 내가 읽었던 내용인데… 어떻게 하면 좀 더 기억을 잘할 수 있을까?' 그런 생각만 갖고 시간은 흐르기만 했다. 음식물을 먹고 소화가 되지 않은 것처럼 꽉 막힌 듯한 느낌이 드는 나날이 계속되었다.

'어떻게 해야만 하는가. 그냥 읽는 단계를 넘어서 한 단계 도약하고 싶다.'

삶에 대한 진지한 고민이 한 점으로 모이니 무언가 느끼는 것이 있었다. 그 느낌의 끝에서 만난 것은 다름 아닌 '기록의 부재'였다. 기록을 하지 않으니 책을 읽어도 전체적인 여운만 남고 머리에는, 가슴에는 전혀 남아 있지 않았던 것임을 알게 되었다. 당시 독서의 대가들을 보니 책 속의 내용을 매우 꼼꼼히 정리하는 것을 발견할 수 있었다.

'아! 쓰는 것이 약한 나로서는 다른 방법이 없을까?'

하늘이 내 정성을 아는 듯 질문을 하니 역시나 명쾌하게 나와 어울리는 기록도구를 만날 수 있게 되었다. 그것은 다름 아닌 에버노트와 블로그였다.

에버노트와의 인연은 시간을 거슬러 2013년, 당시 스마트연구학교 보고서를 작성하던 중 내가 맡았던 어플 분야를 검색하면서 시작되었다. 블로그는 2016년 1월부터 자녀의 성장을 하루하루 기억하기 위해 활용하기 시작했다. 책 속의 내용을 기록해야겠다고 생각하게 된 것은 다름 아닌 블로그를 적극 활용하면서부터이다. 이것이 확장되어 지금은 독서를 한 후 크게 4가지 방식으로 기록을 하고 있다.

1. 독서마라톤 정리(에버노트)
2. 책 속에서 좋은 문장 정리(에버노트)
3. 좋은 문장 생각 정리(블로그, 에버노트)
4. 좋은 문장 필사, 생각 정리(블로그, 공책, 에버노트)

하나, 독서마라톤 정리(에버노트).

매년 독서목록을 작성한다. 개인 연간 독서량 목표는 100권, 독서마라톤(1페이지당 1m 환산하여 계산하는 방법)은 하프코스인 21,100m(페이지) 읽기이다. 독서마라톤 하프코스에 도달하기 위해서는 성인 도서 기준으로 대략 80권~100권 정도의 분량이 된다. 에버노트에 다음 사진처럼 기록을 누적하고 있다.

2018-83(1204) - 김성효 <선생 하기 싫은 날> 269 / 21450
2018-82(1204) - 주희 <대학, 중용> / 166 / 21181 =>
=> 독서마라톤 목표 달성(21,100페이지 / 하프 마라톤)
2018-81(1130) - 김성효 <선생님, 걱정 말아요> / 367 / 21015
2018-80(1128) - 할 엘로드 <미라클 모닝> / 236 / 20648
2018-79(1122) - 기시미 이치로 <마흔에게> / 256 / 20412
2018-78(1118) - 김범준 <1250도 최고의 나를 만나라> / 164 / 20156
2018-77(1117) - 김미경 <꿈이 있는 아내는 늙지 않는다> / 307 / 19992
2018-76(1112) - 안상헌 <생산적 책 읽기 50> / 255 / 19685
2018-75(1105) - 존 고든 <에너지 버스 2> / 227 / 19430
2018-74(1103) - 팀 페리스 <타이탄의 도구들> / 332 / 19203

2018-73(1025) - 추적 <명심보감> / 125 / 18871
2018-72(1022) - 은지성 <생각대로 살지 않으면 사는 대로 생각하게 된다 3> / 231 / 18746
2018-71(1019) - 은지성 <생각대로 살지 않으면 사는 대로 생각하게 된다 2> / 229 / 18515
2018-70(1015) - 이제석 <광고천재 이제석> 359 / 18286
2018-69(1010) - 은지성 <생각대로 살지 않으면 사는 대로 생각하게 된다> 229 / 17927
2018-68(1004) - 박정원 <독설> / 239 / 17698

2018-67(0928) - 전안나 <1천권 독서법> / 270 / 17459
2018-66(0927) - <논어> / 188 / 17189
2018-65(0925) - 이은대 <강안독서> / 222 / 17001
2018-64(0920) - 최효찬 <세계 명문가의 독서교육> / 272 / 16779
2018-63(0914) - 김병완 <선비들의 평생 공부법> / 287 / 16507
2018-62(0909) - 공병호 <자기경영노트> / 275 / 16220
2018-61(0905) - 조신영 <나를 넘어서는 변화의 즐거움> / 188 / 15945
2018-60(0904) - 스펜서 존슨 <성공> / 216 / 15757
2018-59(0904) - 스펜서 존슨 <부모> / 202 / 15541
2018-58(0902) - 김승호 <생각의 비밀> / 323 / 15339

2018-57(0830) - 임희성 <계단을 닦는 Ceo> / 275 / 15016
2018-56(0823) - 대도서관 <유튜브의 신> / 272 / 14741
2018-55(0820) - 이지성, 황희철 <하루관리> / 329 / 14469
2018-54(0816) - 공병호 <초콜릿> / 203 / 14140
2018-53(0813) - 호아킴 데 포사다 <난쟁이 피터> / 255 / 13937
2018-52(0812) - 송수용 <내 상처의 크기가 내 사명의 크기다> / 129 / 13682
2018-51(0811) - 호아킴 데 포사다 <바보 빅터> / 207 / 13553
2018-50(0810) - 브렌든버처드 <골든티켓> / 287 / 13346
2018-49(0808) - 김태광 <출근 전 2시간> / 329 / 13059
2018-48(0805) - 진가록 <낭독 독서법> / 264 / 12730
2018-47(0804) - 김종원 <말의 서랍> / 299 / 12466
2018-46(0802) - 호아킴 데 포사다 <99도씨> / 176 / 12167

에버노트를 통해 독서마라톤을 정리한 모습

'연도 – 읽은 권수 – 완료 날짜 – 총 읽은 권수 – 저자 – 책명 – 책의 쪽수 – 연간 읽은 누적 책의 쪽수'

누적된 기록을 통해 한 달간의 독서량도 체크할 수 있고 연간 독서량도 체크하면서 매일 꾸준히 한 걸음은 뛸 수 있도록 스스로 독려를 하고 있다. 이렇게 쌓인 기록이 결국 내 의식을 조금씩 성장시켜 주는 것을 느끼곤 한다.

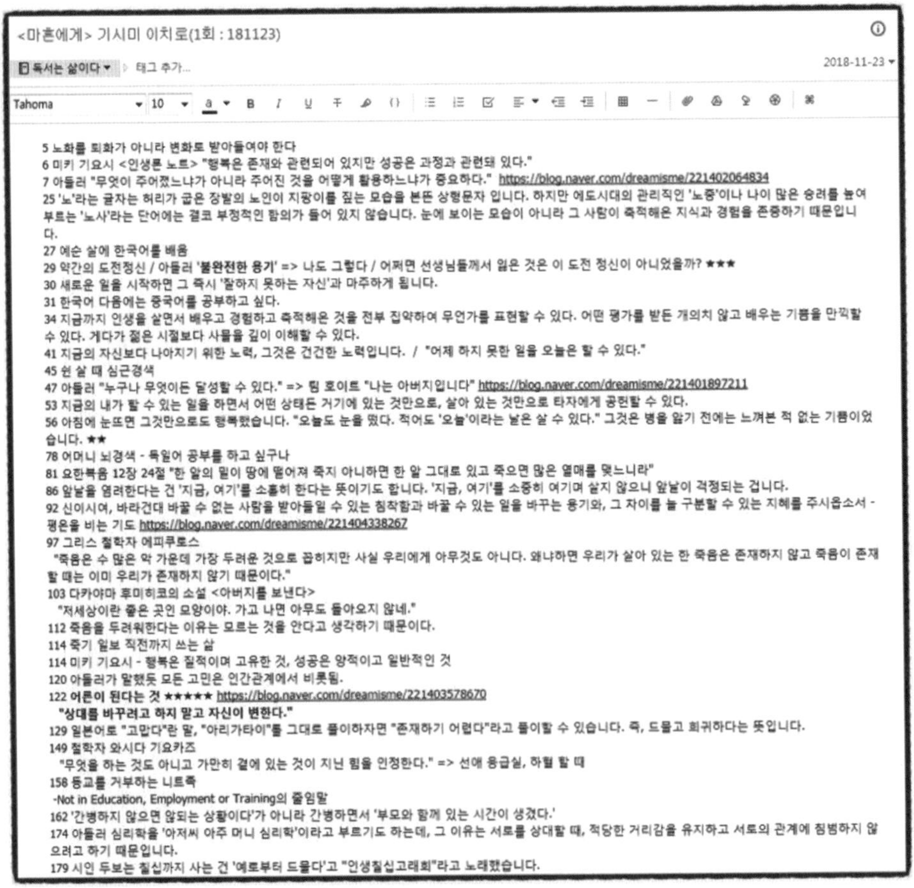
<마흔에게> 기시미 이치로(1회 : 181123)

독서는 삶이다 ▾ 태그 추가...

2018-11-23 ▾

Tahoma 10

5 노화를 퇴화가 아니라 변화로 받아들여야 한다
6 미키 기요시 <인생론 노트> "행복은 존재와 관련되어 있지만 성공은 과정과 관련돼 있다."
7 아들러 "무엇이 주어졌느냐가 아니라 주어진 것을 어떻게 활용하느냐가 중요하다." https://blog.naver.com/dreamisme/221402064834
25 '노'라는 글자는 허리가 굽은 장발의 노인이 지팡이를 짚는 모습을 본뜬 상형문자 입니다. 하지만 에도시대의 관리직인 '노중'이나 나이 많은 승려를 높여 부르는 '노사'라는 단어에는 결코 부정적인 함의가 들어 있지 않습니다. 눈에 보이는 모습이 아니라 그 사람이 축적해온 지식과 경험을 존중하기 때문입니다.
27 예순 살에 한국어를 배움
29 약간의 도전정신 / 아들러 **'불완전한 용기'** => 나도 그렇다 / 어쩌면 선생님들께서 잃은 것은 이 도전 정신이 아니었을까? ★★★
30 새로운 일을 시작하면 그 즉시 '잘하지 못하는 자신'과 마주하게 됩니다.
31 한국어 다음에는 중국어를 공부하고 싶다.
34 지금까지 인생을 살면서 배우고 경험하고 축적해온 것을 전부 집약하여 무언가를 표현할 수 있다. 어떤 평가를 받든 개의치 않고 배우는 기쁨을 만끽할 수 있다. 게다가 젊은 시절보다 사물을 깊이 이해할 수 있다.
41 지금의 자신보다 나아지기 위한 노력, 그것은 건건한 노력입니다. / "어제 하지 못한 일을 오늘은 할 수 있다."
45 쉰 살 때 심근경색
47 아들러 "누구나 무엇이든 달성할 수 있다." => 팀 호이트 "나는 아버지입니다" https://blog.naver.com/dreamisme/221401897211
53 지금의 내가 할 수 있는 일을 하면서 어떤 상태든 거기에 있는 것만으로, 살아 있는 것만으로 타자에게 공헌할 수 있다.
56 아침에 눈뜨면 그것만으로도 행복했습니다. "오늘도 눈을 떴다. 적어도 '오늘'이라는 날은 살 수 있다." 그것은 병을 앓기 전에는 느껴본 적 없는 기쁨이었습니다. ★★
78 어머니 뇌경색 - 독일어 공부를 하고 싶구나
81 요한복음 12장 24절 "한 알의 밀이 땅에 떨어져 죽지 아니하면 한 알 그대로 있고 죽으면 많은 열매를 맺느니라"
86 앞날을 염려한다는 건 '지금, 여기'를 소홀히 한다는 뜻이기도 합니다. '지금, 여기'를 소중히 여기며 살지 않으니 앞날이 걱정되는 겁니다.
92 신이시여, 바라건대 바꿀 수 없는 사람을 받아들일 수 있는 침착함과 바꿀 수 있는 일을 바꾸는 용기와, 그 차이를 늘 구분할 수 있는 지혜를 주시옵소서 - 평온을 비는 기도 https://blog.naver.com/dreamisme/221404338267
97 그리스 철학자 에피쿠로스
"죽음은 수 많은 악 가운데 가장 두려운 것으로 꼽히지만 사실 우리에게 아무것도 아니다. 왜냐하면 우리가 살아 있는 한 죽음은 존재하지 않고 죽음이 존재할 때는 이미 우리가 존재하지 않기 때문이다."
103 다카야마 후미히코의 소설 <아버지를 보낸다>
"저세상이란 좋은 곳인 모양이야. 가고 나면 아무도 돌아오지 않네."
112 죽음을 두려워한다는 이유는 모르는 것을 안다고 생각하기 때문이다.
114 죽기 일보 직전까지 쓰는 삶
114 미키 기요시 - 행복은 질적이며 고유한 것, 성공은 양적이고 일반적인 것
120 아들러가 말했듯 모든 고민은 인간관계에서 비롯됨.
122 어른이 된다는 것 ★★★★★ https://blog.naver.com/dreamisme/221403578670
"상대를 바꾸려고 하지 말고 자신이 변한다."
129 일본어로 "고맙다"란 말, "아리가타이"를 그대로 풀이하자면 "존재하기 어렵다"라고 풀이할 수 있습니다. 즉, 드물고 희귀하다는 뜻입니다.
149 철학자 와시다 기요카즈
"무엇을 하는 것도 아니고 가만히 곁에 있는 것이 지닌 힘을 인정한다." => 선애 응급실, 하혈 할 때
158 등교를 거부하는 니트족
-Not in Education, Employment or Training의 줄임말
162 '간병하지 않으면 안되는 상황이다'가 아니라 간병하면서 '부모와 함께 있는 시간이 생겼다.'
174 아들러 심리학을 '아저씨 아주 머니 심리학'이라고 부르기도 하는데, 그 이유는 서로를 상대할 때, 적당한 거리감을 유지하고 서로의 관계에 침범하지 않으려고 하기 때문입니다.
179 시인 두보는 칠십까지 사는 건 '예로부터 드물다'고 "인생칠십고래희"라고 노래했습니다.

에버노트에 책 속의 좋은 문장을 쪽수와 함께 정리한 모습

둘, 책 속의 좋은 문장 정리(에버노트).

독서를 할 때는 주로 책을 구입해서 읽곤 한다. 그래야 마음대로 접기도 하고, 밑줄도 긋고, 체크, 메모 등을 통해 세상에서 하나뿐인 나만의 책으로 탄생되기 때문이다. 책을 읽을 때는 두 가지 방법을 활용한다.

하나는 책을 읽으면서 기억하고 싶은 글귀가 나오면 계속 귀(책의 모서리)를 접어 간다. 위쪽에 나오면 위를 접고, 아래쪽에 나오면 아래를 접고, 필사까지 하고 싶을 정도의 명문장이 나오면 가운데까지 깊이 접으면서 읽어간다. 책을 끝까지 읽었다면 다시 맨 앞으로 가서 접힌 부분을 다시 읽으며 기록한다. 에버노트에 쪽수와 관련된 문구 또는 키워드 형식으로 정리를 한다. 관련 내용을 블로그(책장을 잠시 덮고 문장을 블로그에 기록하고 생각을 적는 행위)에 적었다 싶으면 주소까지 링크 걸어서 기록에 기록을 더해 간다. 다른 하나는 책을 읽으면서 동시에 기억하고 싶은 내용이 나오면 바로 에버노트에 기록하는 방법이다. 이때 물론 다시 찾기 편하게 쪽수와 내용을 기록한다.

기록을 하면서 책을 읽으니 책을 두 번 읽게 된다. 이런 책은 이제 나와는 떼려야 뗄 수 없는 인연이 맺어진다. 나와 잘 맞는 좋은 문구들을 따로 정리했으니 언제든지 꺼내 볼 수 있는 행복이 가득하다.

그렇다고 그 책을 다 안다고 할 수 없다. 다음에 반복독서를 할 때 읽은 날짜를 다시 기록하고 정리를 위와 같은 방법으로 기록한다. 그때 놀라운 것은 새롭게 다가오는 문장들을 만났을 때다. 전에는 보지 못했던 것을 만나는 기쁨은 반복독서를 통해 나오는 최고의 백미이다. 한 번 읽고 거기서 책을 다 읽었다고 하는 것이 얼마나 무지한 행위인지를 이제야 조금씩 알아 가고 있다.

블로그를 통해 책 속의 좋은 문장을 정리한 모습

셋, 좋은 문장 생각 정리(블로그, 에버노트).

법정 스님의 말을 만났다. "좋은 책은 책장을 자주 덮게 만드는 책이다." 책을 읽을 때의 자세를 배우게 된 것이다. 책을 읽다가 지식적인 측면을 만났을 때는 위에서 언급한 것처럼 위·아래 책 모서리를 접어 가면서 읽지만 어느 문장은 순간 강하게 다가오면서 기록으로 반드시 남기고 싶은 욕구가 들 때가 바로 책장을 잠시 덮을 때다. 이때는 그 문구를 캠 스캐너로 찍어서 블로그에 바로 공유를 한다. 그리고 그 문장에 대한 나만의 생각을

좋은 문장을 필사하여 블로그에 생각글을 정리한 모습

간단히 정리를 한 뒤 블로그 포스팅을 마무리하고, 덮었던 책을 다시 펼쳐들고 읽어 간다. 이렇게 조금씩 정리한 기록들이 내 의식 수준을 한 단계 높여 주는 도구가 된다.

넷, 좋은 문장 필사, 생각 정리(블로그, 필사노트, 에버노트).

책을 읽다가 다음 날 새벽에 필사까지 하고 싶은 문장을 만날 때가 있다. 이때는 그 해당 쪽을 반으로 통으로 접어서 나만의 표식을 해 둔다. 다음날 '미라클모닝'을 하고 필사 노트를 꺼내 전에 접어 둔 곳을 한 자 한 자 적어 간다. 정약용 선생님의 초서 방법을 흉내 내어 가는 것이다. 책 속의 좋은 문장을 따로 발췌해 기록을 하는 것이다. 필사에서 끝나는 것이 아니라 그와 관련된 나만의 생각을 글로 꺼내어 생각을 조직화해 보는 것이다. 나는 이런 행위를 '미라클모닝 필사'라 칭하고 있다. 이런 행위는 줄리아 카메론의 『아티스트 웨이』의 모닝페이지, 공병호 소장의 새벽단상 등과 같이 생각 이상으로 효과가 크다는 것을 세월이 누적되면서 알게 되었다.

지난 3년간 꾸준히 기록해 보니 알겠다. 독서에서 한 단계 더 나아가게 하는 것, 그것은 기록에 있다는 것을 말이다.

진짜 생활의 시작

"몇 주 만인가. 겨우 혼자가 될 수 있었다. '진짜 생활'이 또 시작된다. 기묘할지도 모르겠지만 내게 있어서는 지금 일어나고 있는 일이나 이미 일어난 일의 의미를 찾고 발견하는 혼자만의 시간을 갖지 않는 한, 친구뿐만이 아니라 정열을 걸고 사랑하는 애인조차도 진짜 생활이 아니다."

– 메이 사튼 『혼자 산다는 것』 중에서

기억을 돌이켜 보면 내 삶에 있어서 고독을 선물해 준 그때가 있다. 2014년 1월 쌍둥이들이 태어나고 100일 즈음 지났을 때 아내와 함께 새벽 수유를 하다가 아내가 잠시 눈앞에서 의식을 잃은 채 주저앉았다. 다음 날 연가를 내고 병원 진료를 함께 받았지만 특별한 원인은 발견하지 못했다. 과로로 인한 쇼크라고 의사가 짐작할 뿐이었다. 비슷한 증상이 있으면 다시 오라는 말과 함께, 나는 바로 결심한 것이 있었다.

육. 아. 휴. 직!

6개월의 육아휴직을 다음 날 관리자에게 이야기를 하고 그해 9월부터 2015년 2월까지 6개월간 나를 알아가는 진지한 고독의 시간을 만나게 된 것이다. 당시 친구와의 약속도 잡지 않았을 정도로 고독한 시간의 연속이었다. 아내가 언제 다시 의식을 잃을지 몰랐기에 내 쾌락을 위해 집을 비운다는 것은 가장으로서 용납이 되지 않았던 것이다.(지금 생각해보면 참으로 내 고집적인 면이 많았음을 인정한다.)

집에서 오순도순 4명이 함께 지냈다. 아이들은 서로 다른 잠 패턴으로 인해 잠자기가 쉽지 않았다. 당시 누군가에게 하소연했던 소원이 한 가지 있었다면 "3시간 이상 잠을 자면 소원이 없겠다."이었으니까! 부모님들이 우리를 이렇게 키웠다고 생각하니 짠하다는 생각도 들었다. 아이를 키우면서 조금씩 철이 들어가는 나를 발견할 수 있었다.

그때는 SNS를 통해 생산적인 글을 쓰기보다는 다른 사람들이 어떻게 살아가는지 궁금해하는 소비적인 삶을 살았던 때였다. 소셜미디어에는 사람들의 좋은 모습들이 즐비하였고 내 자신의 모습과 비교를 하니 나와는 다르게 행복해 보였다. 비교를 잘 하지 않는 성향임에도 불구하고 왠지 모르게 의기소침해지는 모습에 점점 지쳐만 갔고, 나는 극단적 조치로 SNS를 핸드폰에서 모두 삭제했다. 보지 않으니 마음이 편했다. '진작 끊을 것을….'

길다면 길고 짧다면 짧았던 육아휴직 기간 동안 가장 좋았던 것은 나 자신과 대화를 많이 할 수 있었다는 것이다. 아이를 관찰하면서 앞으로 내 아이를 위해 내가 무엇을 해 줄 수 있으며, 어떤 아빠, 어떤 남편으로 살아가야 하는지… 다양한 분야의 책을 읽으면서 하나씩 기록해 가곤 했다. 그때 내가 잡을 것이라고는 책뿐이었음을 고백한다. 아내, 아이들과 함께 유일한 벗이었던 것이 바로 책이다. 책 내공, 육아 내공을 쌓는다는 생각으로 수개월을 임했다. 그때 비로소 육아서적의 중요성을 알게 되었고, 책과 더 친해지니 고독이 차츰 생산적인 시간으로 다가왔다. 혼자만의 시간의 힘이 얼마나 중요하고 왜 무엇보다 반드시 확보가 되어야 하는지를 몸소 체험할 수 있었던 귀한 시간이었다.

결혼을 했을 때는 몰랐다. 내 시간이 한정되어 있다는 것을…. 사용하고 싶을 때 마음껏 사용할 줄 알았건만 아이를 기르다 보니 내 시간은 우선순위에서 철저하게 밀리게 된다는 것을 그때 비로소 알게 된 것이다. 물론 아이를 잘 양육하는 것이 최우선임을 알지만 혼자만의 시간을 갖는 것 또한 중요하다는 것을 한참이 지난 뒤에야 깨닫게 되었다. 육아를 감당하는 사람들이 힘들어 하는 이유가 여기에 있다는 것을 인지하게 되었다.

"혼자만의 시간이 없다."

나는 개인적으로 강의를 할 때 꼭 강조하는 것 중의 하나가 있다. '하루 중 최소한 30분 이상은 혼자만의 시간을 갖으라.'는 미션을 주곤 한다. 그것이 주는 효과는 하루를 알차게 살아가는 것에 있어서 매우 중요한 요소임을 알기 때문이다.

내가 살아가는 하루 중 남을 위해 살아가는 시간이 대부분을 차지한다. 한번 직접 시간을 체크해 봐도 좋다. 스톱워치를 꺼내어 나만의 시간을 가질 때만 눌러 봐라. 확연히 차이가 난다. 어느 날은 안타깝게도 나만의 시간이 제로(0)가 되는 현상도 발견한다. 더욱 놀라운 것은 매일 열심히 살아가는데도 이상하게 점점 뒤로 처지는 느낌이 든다. 에너지가 공급되기보다는 점차 소비되어 번아웃 현상도 맞이한다. 그것의 원인을 역으로 따라가다 보니 이제야 보인다. 나를 위한 시간이 없다는 것을…. 직장맘의 경우 더하다. 그래서 나는 더 강하게 주장한다. 악착같이 혼자만의 시간을 확보해야 할 필요성이 있다고 말이다.

나의 경우는 새벽시간을 철저히 확보하기 위해 노력하고 있다. 수많은 곳에서 이를 가리켜 미라클모닝이라고 표현한다. 기적의 아침을 맞이하는 것이다. 위에서 언급한 스톱워치를 꺼내 혼자만의 시간을 매일 체크하고 있다. 미라클모닝을 한 순간부터, 학교에서 방과 후 혼자만의 시간을 가질 때, 퇴근하고 아이들과 놀다가 예상보다 빨리 아이들이 잠들 때 등 시간을 체크하면서 나의 시간을 확인하고 있다.

역시 하루가 충만한 날을 보면 혼자만의 시간을 충분히 확보하고 활용했을 때가 많다. 시간의 중요성을 알게 되니 무분별한 SNS 활용시간이 거의 없다. TV도 거의 보는 일이 없으니 나만의 시간이 생겼을 때는 대부분 독서하고, 기록하며, 글을 쓰면서 시간을 보낸다. 최대한 생산적인 삶을 살기 위해 노력할 뿐이다. 억지로 하지 않는다.

나는 독서를 좋아하고, 기록을 좋아하며, 글쓰기를 좋아하기에 이런 일련의 활동들은 나를 더욱 성장하게 만드는 성취감을 제공한다. 내 시간에 이들을 끌어들인다. 그리고 함께 논다. 헤어져도 내일 다시 부른다. 또 논다. 이를 반복하다 보니 점차 한정적인 시간 속에서 성장력을 키워 가는 자아가 보인다.

"인간의 강인함은 단독자가 될 수 있느냐 없느냐에 달려 있다. 누구나 일이 잘 풀리지 않을 때는 이 세상에 자신을 이해해 주는 사람이 한 명도 없다는 절망감에 빠진다. 그럴 때 직면한 상황의 의미를 찾고, 자신만큼은 항상 자기 편이라고 생각하는 훈련이 되어 있으면 상황은 달라진다. 고독을 긍정적으로 바라볼 수 있다면 어떠한 시련에도 쉽게 꺾이지 않는다."

–사이토 다카시 『혼자 있는 시간의 힘』 중에서

나는 어느 순간부터 이런 단독자로서 홀로서기를 할 수 있게 되었다. 새벽 시간 책을 읽고, 글을 쓰는 시간이 나에게 매우 값지게 다가오는 이유는 이 시간이 내게 혼자만의 시간을 제공해 주기 때문이다. 앞으로도 의미 있는 삶을 창조하는 '혼자 있는 시간의 힘'을 잘 활용하며 살고 싶은 나는 강인한 단독자를 꿈꾸고 있다.

나만의 길을 열어 주는 도구: 독서

일본의 구인구직 회사 '리쿠르트 포인트'의 광고를 본 적이 있다. 그동안 내가 수없이도 수업에서 외친 '인생은 마라톤이다'라는 사고방식을 흔들면서 내면에 있는 물음표를 느낌표로 만든 영상이었다. 영상의 첫 메시지는 이렇다.

"오늘도 계속해서 달린다. 누구라도 달리기 선수다. 시계는 멈출 수 없다. 시간은 한 방향으로밖에 흐르지 않는다. 되돌아올 수 없는 마라톤 코스 라이벌과 경쟁해 가며 시간의 흐름이라는 하나의 길을 우리들은 계속 달린다. 보다 빠르게 한 걸음이라도 더 앞으로 저 앞에는 반드시 미래가 있을 거라 믿으며 반드시 결승점이 있을 거라 믿으며 인생은 마라톤이다."

여기까지가 우리가 그동안 배운 인생과 마라톤의 상관관계이다.

얼마나 많은 이들이 이와 같은 이야기에 동의해 왔던가. 나 역시 지난 35년간 이와 같은 논리로 부지런히 뛰고 또 뛰었을 뿐이다. 같은 방향을 놓고 우리는 함께 선의의 경쟁이라는 이름으로 걸어오고 뛰어왔다. 그런데 그 뒤에 이어진 영상이 압권이었다. 함께 뛰던 마라토너들이 갑자기 사방으로 달리기 시작했다. 거의 모든 이들이 코스를 이탈하면서까지…. 메시지를 따라가 보자!

"하지만 정말 그럴까? 아니야. 인생은 마라톤 아니야. 누가 정한 코스야? 누가 정한 결승점이야? 어디로 달리든 좋아. 어디를 향해도 좋아. 자기만의 길이 있어. 자기만의 길? 그런 건 있는 걸까? 그건 몰라. 우리들이 아직 만나 보지 못한 세상은 터무니없이 넓어.

그래. 발을 내딛는 거야. 고민하고 고민해서 끝까지 달려 나가는 거야. 실패해도 좋아. 돌아가도 좋아. 누구랑 비교 안 해도 돼. 길은 하나가 아니야. 결승점은 하나가 아니야. 그건 인간의 수만큼 있는 거야. 모든 인생은 훌륭하다. 누가 인생을 마라톤이라고 했나?"

광고 주인공이 드넓은 풀밭에서 뒤를 돌아 마지막 멘트를 날리면서 웃었을 때 나 역시 함께 웃으면서 두 눈에서 눈물이 핑 돌았다. 가슴이 뜨거워졌고, 내가 걷는 이 길에 대한 자신감을 얻을 수 있었다.

그동안 얼마나 진로 교육이라는 명목으로 아이들을 잡았단 말인가? 스스로 생각할 시간을 주지도 않은 채 진로에 대해서 써라,

그려라, 만들어라 등을 반복하면서 아이들의 마음을 헤아려 주지 않은 채 달려온 나날들이 많았다. '과연 나는 아이들의 꿈을 응원하는 것인가? 아니면 이 교과 한 시간을 채우기 위해 그 꿈을 갉아 먹고 있는 것인가!'

『성공하는 10대들의 7가지 습관』에서 작가 미상의 '제 말 좀 들어 보세요'라는 글을 읽었다.

제 말 좀 들어 보라고 부탁했더니,
당신은 충고부터 합니다.
제 부탁을 들어 주지 않는군요.
제 말 좀 들어 보라고 부탁했더니,
당신은 이유부터 설명합니다.
제 느낌은 그게 아닌데
제 감정은 생각도 안 해 주시는군요.
제 말 좀 들어 보라고 부탁했더니,
당신이 나서서
제 문제를 해결해 주겠다고 하는군요.
저를 망치시는군요.
이상하게 들릴지 모르지만,
들어 보세요. 제가 바라는 건 그것뿐.
말하거나 행동하지 말고, 제 말 좀 들어 보세요.

아이들의 이야기를 듣는 것은 우리 어른들의 가장 기본이 되어야 한다. 그래야 아이들 스스로 자기 내면의 소리에 귀를 기울여서 누군가 정해 놓은 마라톤 결승점을 찍는 것이 아닌 자신의 길을 가는 것이 아닌가 싶다. 장자는『제물론』에서 '도행지이성(道行之而成)'이라 했다. '길은 걸어가는 것으로 만들어진다'는 것이다. 나는 학기 초가 되면 이것을 꼭 이야기한다. "너의 길을 만들어라." 신사임당은 이 말 한마디를 통해 7남매를 훌륭하게 키워 낸 것이다. 헤르만 헤세의 글에서 나의 길을 발견해야 한다.

"세상에 길은 수없이 많지만 모두가 목적지는 같다. 말을 타거나 차를 타고 달릴 수도 있고, 둘이서, 셋이서 달릴 수도 있지만 마지막 걸음은 혼자서 디뎌야 한다."

독서는 내 인생의 마라톤의 점을 찍는 데, 내면의 소리를 듣는 데 가장 으뜸 중의 으뜸이다. 책 속의 문장들을 그대로 흘려버리지 않기를 원한다. 누군가는 같은 문장을 보고 위대한 인물이 되는가 하면 누군가는 그냥 시냇물 흘러가듯이 그대로 지나가게 된다. 기회는 소리 소문 없이 찾아온다. 수많은 위인들이 그 기회를 잡는 비결은 끊임없는 독서라고 고백하고 있다.

독서를 하면서도 힘든 시기는 언제나 찾아온다. 가정문제로 모든 것을 놓고 싶은 때가 있었다. 하루는 내가 출석하는 교회 담임목사이신 방민철 목사님의 설교로 인해 모든 걱정을 내려놓게 되었다. 주 요지는 "결국은 승리하리라."였다. 그 과정이 어떠한 힘든 고난에 있을지라도 결국은 승리한다는 것을 믿고 나아가길 바라는 신자의 태도에 대한 것이었다.

나는 그 설교를 토대로 모든 것을 끝에서부터 사고하기 시작했다. 삶뿐만이 아닌 독서를 할 때도 마찬가지였다. 하나의 책을 읽을 때도 저자의 20, 30년의 노하우가 결국 나를 어떠한 길로 인도해 줄지 더욱 기대감을 갖게 되었고, 내가 한층 더 성장하는 밑거름이 될 거라는 것을 확신을 갖고 독서를 하기 시작했다. 예전에는 읽으면서 좋은 구절을 찾는 데 기쁨을 느꼈었다면 이미 삶의 지표를 찾았다는 확신과 기쁨을 갖고 거꾸로 책을 대하니 저자가 나에게 끊임없는 물음과 방향제시를 하는 것 같았다.

미국 디트로이트의 빈민가에 사는 5학년 벤은 모든 시험에서 영 점을 받은 부진아였다. 그는 학교에서 돌아오면 아무도 없는 집에서 온종일 텔레비전만 보고 한 번도 학교 숙제를 해 간 적이 없었다. 벤의 어머니는 아버지에게 버림받고 어려운 살림을 꾸리기 위해 밤낮으로 일을 다녀야 했기 때문에 벤을 돌볼 시간이 없었다.

이런 문제아 벤을 보다 못한 어머니가 말했다. "텔레비전은 하루 두 프로그램만 보고, 도서관에 가서 일주일에 두 권씩 책을 읽고 그 내용을 요약해서 가져오렴. 시키는 대로 하지 않으면 아주 무서운 벌을 받게 될 거야.” 하고 경고했다. 그러자 벤은 혼나지 않기 위해 할 수 없이 매일 시키는 대로 했다.

그렇게 6학년 후반기에 이르렀을 때였다. 어느 날 과학 선생님이 수업 시간에 돌덩어리를 하나 집어 들고는 무엇인지 아느냐고 반 학생들에게 물었다. 대답하는 사람이 아무도 없었다. 공부 잘한다고 뽐내던 아이들까지도 묵묵부답이었다. 하지만 벤은 그 돌이 무엇인지 알고 있었다. 도서관에서 읽은 사진책에서 분명히 본 돌이었기 때문이다. 그는 손을 번쩍 들어 “흑요석이요.”라고 외쳤다. 말썽만 피우던 벤이 수업 시간에 손을 든 것만 해도 놀라운데 정답까지 말하자 선생님은 물론 반 친구들은 모두 깜짝 놀랐다. 그것이 운명의 갈림길이었다.

그날부터 벤은 아무도 대답하지 못하는 문제에 대한 답을 찾아 가는 재미에 흠뻑 빠졌다. 텔레비전도 보지 않고 아이들과 어울려 놀지도 않고, 오직 도서관에서만 시간을 보냈다. 반에서 무슨 새롭고 어려운 과제만 생기면 벤이 해결사 역할을 했다. 반 친구들은 문제를 풀다가 안 되면 곧잘 벤에게 가져왔다. 그 후 그는 7학년 때부터 1등을 놓치지 않게 되었고 장학생으로 예일대학교까지 입학하게 되었다. 그가 바로 벤자민 카슨(Ben Carson) 박사다. 그는 1997년 남아프리카 공화국의 메둔사병원에서 잠비아의 샴쌍둥이 조셉과 루카 반다를 분리하는 수술에 성공해 세계적인 반향을 일으켰다.

강헌구의 『Mom Ceo』에 나오는 벤자민 카슨 박사를 키우는

데에 독서가 중요한 역할을 했음을 부인할 수 없다. 사람은 그가 읽는 대로 만들어진다고 한다. 그리고 그 읽은 것을 토대로 생각하고, 행동하면서 미래의 큰 꿈을 더욱 펼쳐 가는 것이다. 그것이 바로 빅픽처의 길이다.

빌게이츠를 만든 것은 8할이 마을의 작은 독서관이라고 했다. 빌게이츠가 느낀 8할은 좋은 독서습관을 통해 자신만의 가치 있는 길을 만드는 것이었다. 그것을 통해 세상을 향한 빅픽처를 만들 수가 있었던 것이다. 나만의 길을 통해 나만의 빅픽처를 그리기를 소망한다. 좋은 길은 지금 내가 걷고 있는 이 길이다.

아이의 의미를 발견하다

"아! 오늘은 정말 알찬 하루였다."

"오늘은 방학식! 이제 방학 시작이다. 1학기를 알차게 보낸 것 같아서 행복하다. 1학기처럼 방학도 알차게 보낼 것이다."

아이들의 마음이 담긴 '두 줄 쓰기' 노트를 보면 행복하다. 처음에는 그저 의무감으로 쓰는 일기려니 생각했던 아이들도 매일 1줄이라도 댓글을 달아 주니 이제는 어느덧 나와 아이들의 소통 연결 다리를 톡톡히 하고 있다.

'알차다', 이보다 더 좋은 표현이 있을까 싶다. '알찬 하루', '알찬 1학기'의 삶의 고백들을 보면서 아이들에 대한 소중함이 더욱 다가온다. 지금도 한없이 부족하지만 그래도 조금은 알 것 같다. 아이들의 세계를.

내면 아이 전문가 존 브래드쇼(John Bradshaw)가 말한 것처럼 아이들은 원더풀 아이였다. 그동안 나는 그것을 몰랐고 알려고 하지 않았기 때문에 아이 그 자체의 소중함을 알지 못했다. 하지만 육아휴직 동안에 수많은 육아서를 읽으며 나의 내면을 찾으니 아이의 내면의 힘이 보였다. 아이들은 저마다 의미가 있고, 살아가고 있다는 사실을 인지하게 되었다. 나는 그것을 '아이의 의미'라 부른다.

'어른의 의미'와 '아이의 의미' 무심코 보면 별 차이 없어 보이지만 큰 차이가 있다. 어른들은 의도를 갖고 의미를 부여하지만, 아이들은 순수함 그 자체로 의미를 부여한다. 특히 6살 이하의 아이들에게 나타나는 순수함 그 자체는 하늘이 내려 준 보석처럼 밝게 빛난다. 어른의 시각으로 아이를 바라보면 그 빛을 절대 알 수 없다. 어른들은 자신이 보고 싶은 색안경을 끼고 바라보는 성향이 있으므로 아이의 빛을 발견하기 위해서는 안경 없이 바라봐야 한다.

나는 딸 쌍둥이 아빠다. 쌍둥이를 온전히 키운다는 것은 정말 쉽지 않았다. 아이가 태어난 지 100일이 좀 넘어서 새벽 수유를 함께하는데 새벽 2시경에 내 앞에서 아내가 쓰러졌다. 과로로 실신한 것이었다. 수유를 잠시 멈추고 아내를 흔들어 봤으나 깨어나지 않았다. 잠시 후 스르르 눈꺼풀이 올라가고 나를 바라보는데 눈물이 날 것 같았다. 이른 아침 학교에 연가신청을 하고 병원에서 진료를 받았으나 다행히도 아무런 이상 증상도 발견하지 못했다. 그때 결심했다. '육. 아. 휴. 직'

6개월간의 육아휴직 기간 친구를 만난 적도 없을 정도로 온 힘을 다했다. 누가 보면 꼭 그렇게까지 해야 하냐고 반문할 수도 있겠지만 쌍둥이를 키워 보지 않은 사람들은 절대 알 수 없을 것이다. 그냥 힘. 들. 다. 우스갯소리로 쌍둥이를 키우는 것은 한 명 키우는 것보다 4배 힘들다고 하는데 그 말의 의미를 조금은 알 것 같다. 육아휴직 기간에 2가지를 뼛속 깊숙이 느낄 수 있었다. 하나는 엄마의 노고가 얼마나 큰지와 다른 하나는 아이들의 세계는 신비롭다는 것이었다.

어느 날이었다. 나는 아내에게 주말 자유의 시간을 허락하고 8시간 동안 쌍둥이를 보고 있었다. 그때 아주 중요한 것을 발견하게 되었다. '아이의 의미'. 그때의 감동을 블로그에 남겼다. 잠시 그곳으로 들어가 본다.

드디어 쉬운 육아법을 찾았다! 유레카! 결론부터 이야기하자면 오늘 제가 내린 정의는 '육아도 쉽다'라는 것! 아마 글을 읽으시면서 '저거 다 책에 있는 내용이잖아, 누가 몰라 그거?' 이렇게 생각하실 수 있으시겠지만, 자신을 돌아보면 죄송한 얘기지만 절대 지키지 않았다는 것을 느끼실 수도 있습니다. 오늘 제가 혼자서 온종일 두 돌배기 쌍둥이를 보면서 발견한 놀라운 사실을 공개하고자 합니다.

먼저 저는 이런 생각이 들었습니다. '왜 육아는 힘들까? 왜 가장 빛나고 축복된 내 자녀를 키우는데 왜 힘들게만 느껴질까?'를 깊게 묵상해 보고 그 사고로 들어가 봤더니 딱 하나! 걸리는 것이 하나 있었습니다. 바로! '내 의지 / 의미'

자! 이 함축된 한 단어를 저는 발견했습니다. 그 누구도 아닌 저 자신에게! 우리 둥이들 돌보면서 깊이 영감을 받은 내용을 한 번 설명해 보겠습니다.

일상적인 장면입니다. 세숫대야에 들어가 둘이서 놀고 있습니다. 그런데 지금 한겨울입니다. 저런 장면을 내 자녀가 보여 주고 있다면 아이들에게 무슨 이야기를 해 주고 싶으세요? "빨리 나와! 옷 젖어! 감기 걸려!" 등 다양한 답변들이 예상됩니다.

결론부터 이야기하자면 저는 오늘 전적으로 저의 의지를 내려놓고 아이들의 의미를 따라만 갔습니다. 저도 아이들의 세계에 동참한 것이죠. 그런데 놀랐습니다. 전혀, 저와 말썽이 없었거든요. 단 한 번의 트러블도…. 다시 이야기로 흘러가겠습니다. 둥이들은 세숫대야에서 노는 것에 의미를 두었습니다. 그저 세숫대야에서 노는 것(아이의 의미)…. 전 실컷 시켰습니다. 물이 미지근해질 때까지. 그리고 조금씩 차가워지자 이렇게 이야기했습니다.

"하온아, 시온아, 미안한데 이렇게 있으면 몸이 차가워져서 감기 걸릴 수도 있어. 우리 밖에 나가서 옷 갈아입고 다른 놀이 하자! 응?" 그러자 쉽게 한 명 한 명씩 나오더라고요!

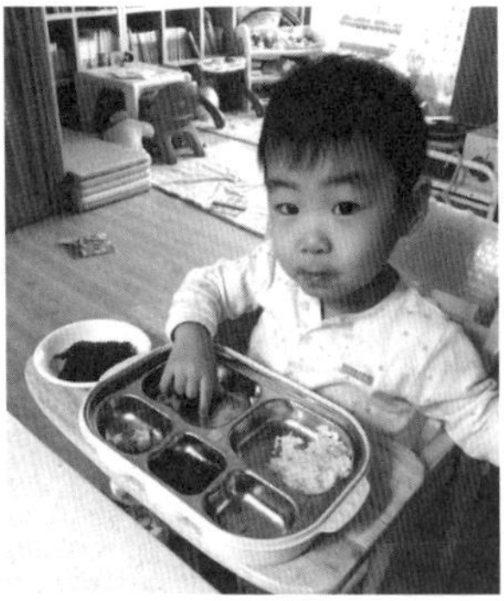

이 장면은 하온이가 낮잠을 자고 일어나 밥을 먹고 있는 모습입니다. 다른 반찬보다는 김과 두부를 먹고 싶다고 해서 줬습니다. 예전에 두부는 먹지 않았는데 오늘은 정말 잘 먹었네요. 하온이의 지금,

이 순간 의미 부여한 것은 바로 두부(아이의 의미)였습니다. 다른 반찬은 잘 먹지 않고 두부만 거의 먹었거든요. 트러블 없이 정말 잘 먹고 내려왔습니다.

시온이가 낮잠을 자고 일어났네요. 밥 달라고 해서 밥을 줬는데 하온이가 옆에 와서 의자를 놓았습니다.(아이의 의미) 예전 같았으면 '위험해. 내려와. 시온이 밥 먹는 데 방해하지 마!'(어른의 의미) 할 텐데 오늘은 하온이의 의미를 따라갔습니다. 뭐 하는지. 위험한 상황만 아니라면…. 그런데 충격! 시온이의 김을 먹는 것이었습니다. 아까는 먹지도 않았는데. 하온이는 지금 이 순간의 의미를 김 먹는 데 두었던 것(아이의 의미)입니다. 아무 트러블 없이 잘 흘러가네요.

지금은 둘이서 귤을 먹는데 예전에는 밑에서 까서 먹었는데 오늘은 위에서 까고 먹는다는 떼(아이의 의미)를 파악하고 그냥 뒀습니다. 잘 놀면서 먹네요!

이번에는 귤을 노란 장난감에 넣는 작업(아이의 의미)을 합니다. 아주 행복하게 놀면서 먹네요! 예전 같았으면 '음식으로 장난치면 안 돼!'(어른의 의미) 했을 텐데요. 즐겁게 시간이 흘러갑니다.

이번에는 뭐 달라고 해서 신호를 파악 못 하고 헤맸는데 직접 안고 데려갔더니 뽀로로 젓가락 놀이(아이의 의미)를 하네요! 예전 같았으면 떼쓰지 말라고 심지어는 "얘가 오늘따라 왜 이래?"(어른의 의미) 했을 텐데요! 즐겁게 시간은 흘러갑니다.

오늘 첫 경험! 젓가락으로 귤 찌르기(아이의 의미). 정말 즐거워했습니다. 생전 처음 해보는 귤 찌르기(아이의 의미)였거든요! 예전 같았으면 '젓가락으로 음식 장난하는 거 아니야'(어른의 의미)라며 빼앗았을 텐데요! 즐겁게 시간은 흘러갑니다.

이제는 귤을 까고 탐구(아이의 의미)합니다. 신기하게도 '어른의 의미'와 다르게 '아이의 의미'는 수시로 변하네요! 신기하게도 이번에는 귤을 까고 젓가락으로 찌르는 첫 경험을(아이의 의미) 시도해 봅니다. 어른이 보기에는 음식으로 장난치는 행위라서 이때 혼내는 분들 많겠지요? "내려와서 먹어! 음식으로 장난치는 거 아니야! 어서 안 내려와?" 그와 달리 이렇게 즐겁게 시간은 흘러갑니다.

이번에는 옆 찌르기 시도(아이의 의미) 집중력 대단하네요! 저도 해 본 적이 없는 옆 찌르기. 저렇게 먹는 방법(아이의 의미)도 있나 봅니다. 전 그저 아이들의 의미를 계속 따라가는 중입니다. 위험한 행동이 중간에 있을 때만 제지하죠. 이야기하면서 "미안한데 이건 정말 위험해서 허락을 해 주기가 어렵단다." 다 알아듣네요. 즐겁게 시간은 흘러갑니다.

이후에도 아이의 의미는 수시로 변했고 저는 그 의미만 따라갔습니다. 그저 아이의 의미만…. 저는 그동안 아이들을 보면서 간혹 확인했던 핸드폰이나 책 보기 등 다 내려놓고 오로지 아이의 의미만 열심히 쫓아가서 반응해 줬습니다. 그런데 이게 웬걸. 전혀 어렵지 않았거든요. 오늘만 그랬을까요? 이날 이후로도 저는 줄곧 '아이의 의미'만 따라다녔습니다. 제 의지를 내려놓고 아이에게 집중하니 그사이 전혀 힘들지 않았습니다. 아니 정말 신기했어요. 아이의 세계가!

육아서를 보면 보통 이렇게 적혀 있더라고요. "아이의 세계는 무궁무진하므로 아이의 행동에 즉각 반응해 줘라!" 그래서 반응을 해 줬던 기억이 납니다. 하지만 아이의 의미와 어른인 저의 의미가 부딪혔을 때는 아이의 의미가 아닌 제 의미대로만 했습니다. 말 못 하는 3살 이전까지의 예시로 설명해 드리자면 다음과 같습니다.

아이는 자기 싫은데(아이의 의미) 강제로 재우기(어른의 의미) → 떼쓴다.

아이는 밥 먹기 싫은데(아이의 의미) 밥은 꼭 먹어야 한다며 억지로 한 숟가락 먹인다.(어른의 의미) → 떼쓴다.

아이는 노란 옷 입고 싶은데(아이의 의미) 엄마는 새로 구입한 보라색 옷을 입히려 한다.(어른의 의미) → 떼쓴다.

아이는 빨간 색연필을 갖고 싶은데(아이의 의미) 엄마는 신호를 무시한 채 다른 색깔을 준다.(어른의 의미) → 떼쓴다.

이 밖에 엄청 많은 예시가 있겠죠?

저는 '의미'라는 글자에 영감을 받아서 '독서'를 넘어, 제 직업인 '교육', 제 소망인 '신앙'에 확실한 자신감을 얻었습니다. 그리고 오늘은 '육아'에 대한 귀한 것을 발견했습니다!

오늘 제가 내린 결론은 이렇습니다. '어른의 의미는 잠시 묻어 둔 채 / 아예 묻어 둔 채 / 오직 아이의 의미에만 집중하자' 그럼 된다. 되더라. 단, 조건이 있다. 딱 2개!

1. 내 체력이 돼야 한다.
2. 내 의미를 내려놔야 한다.

전 내일도 아이의 의미만 따라가겠습니다.

이 글을 보시는 분들도 한번 해 보세요! 오로지 아이의 의미만 따라가 보세요. 아이들 보는 앞에서 핸드폰 하는(어른의 의미) 것조차 내려놓고, TV 보는 것(어른의 의미)조차 내려놓고, 차 마시는 그것(어른의 의미)조차 내려놓고, 한번 아이의 의미를 따라만 가 보세요. 그럼 되더라고요. 전 쌍둥이인데도 되더라고요. 물론 아이들이 운 적도 있었습니다. 왜냐고요? 한 아이의 의미와 한 아이의 의미가 서로 부딪혔거든요.

빨간 바지 하나에 서로 의미를 두어서 부딪침. 뽀로로 젓가락 하나에 서로 의미를 두어서 부딪침. 서로 안아 달라고, 서로 오라고, 서로 붙잡아 달라고, 서로 잠투정하고 싶다고 등 쌍둥이라서 한 아이의 의미와 한 아이의 의미가 부딪혔을 때는 울기도 했습니다. 둘 다 운 적도 있고요. 그 외에는 전혀 울지 않고 즐겁게 하루를 보낼 수 있었습니다.

한번 해 보세요. 그리고 즐겨 보세요. 쉴 시간은 오직 아이가 잠들었을 때…. 그때 핸드폰 문자 확인하시면 됩니다. 언제까지? 아이의 의미가 홀로 설 때까지. 즉 책 읽기, 놀이, 독립 등 그때까지만. 오늘처럼 육아 쉽게 해 본 적이 없었습니다.

나는 그날 이후로 최대한 '아이의 의미'를 언제나 염두에 두어 육아를 한다. 물론 때로는 감정적으로 넘어질 때도 많이 있었지만, 다시 훅훅 털고 일어나 시도하기를 반복했다. 내가 육아를 이야기하는 이유가 있다. 그것은 육아와 교육은 똑같은 본질을 갖고 있다는 점이다. 쌍둥이를 키우면서 알게 되었다. 누구든지 인정받고 싶어 한다는 것을. 내가 한 명을 칭찬하고 인정해 주면 다른 아이가 이렇게 이야기한다. "아빠 나는?"

데일 카네기는 15년간 인간관계를 연구하면서 내린 결론으로 『카네기 인간관계론』을 정리했다. 그 책을 읽으면서 더욱 확신이 들었다.

"인간성에 있어서 가장 심오한 원칙은 다른 사람으로부터 인정받고자 하는 갈망이다."

"자신이 중요하다는 느낌에 대한 욕구는 인간과 동물을 구별하는 가장 큰 차이 중의 하나이다."

"항상 다른 사람으로 하여금 자신이 중요하다는 느낌이 들게 하라."

"진심으로 경청하는 태도는 우리들이 다른 사람에게 보일 수 있는 최고의 찬사 가운데 하나이다."

육아하면서 느낀 것을 교실 속으로 가져오니 12살의 아이들의 모습도 3살과 별반 다를 것이 없었다. 그들 나름의 의미를 부여하면서 하루하루 살아가고 있던 것이다. 내가 보지 못했던 '원더풀 아이'가 가슴속으로 느껴지는 것이었다. 그래서 나는 한없이 울 수밖에 없었다. 지난 36년 동안 색안경을 끼고 아이들을 바라봤기 때문에 미안함과 고마움이 밀려와 눈물로 호소할 수밖에 없었다. 수업 중에도 너무 눈물이 나와서 나는 그냥 아이들 앞에서 울었다. 그냥 울었다. 눈물, 콧물이 전혀 부끄럽지 않았다. 나와 함께 우는 친구들, 더 나아가 나의 내면 아이도 있었기에 외롭지 않았다. 나는 이 작은 깨달음이 한없이 고마웠다. 아이들의 소중함을 알아 가고 나눌 수 있다는 기쁨이 가득한 눈물이었다. 한 친구의 고백이 생각난다. 이 글을 읽을 때마다 아직도 그때의 가슴 벅찬 감동은 잊을 수가 없다.

우리 아이들은 모두 소중한 의미를 지니고 있다. 나는 그것이 아름답게 피어나도록 그저 바라볼 뿐이다. 아이들은 이미 그 보물을 갖고 있다. 아이의 의미는 결국 꿈을 발견하게 도와준다.

8

사람은 무엇으로 변하는가?

임은희

당신 자신이 되라

사랑하는 사람을 만나 연애를 하고 결혼을 하고 두 아이가 태어나 초등학교 입학할 때까지, 한때는 사랑이라는 것이 희생이라고 생각하고 헌신이라고 생각했다. 지금도 보통 사람들에게 "사랑이 뭐예요?"라고 묻는다면 함께 시간을 보내는 것 외에 역시나 희생과 헌신을 빼놓고 얘기할 수 없을 것이다. 하지만 이때 가장 근본적인 전제조건이 되어야 할 것이 무엇이냐면 바로 '당신 자신이 되어야 한다.'는 것이다. 그래야 비로소 성숙한 사랑을 할 수 있다고 본다.

예전의 나처럼 보통 사랑이 희생이라고 말하는 사람들은 상대방에게 무조건 본인을 희생시킨다. 그런데 정말 최악은 서로가 서로를 위해서 희생한다면야 너무도 좋겠지만 한쪽은 희생을 하는데 한쪽은 그것을 받기만 하는 경우가 있다는 것이다. 이 때문에 나중에 이 관계에 틈이 생기고 결국은 이별까지 가는 경우를 안타깝게도 너무나 많이 보았다.

나 또한 나를 희생시켜 가며 상대방에게 자신을 맞춰 나가는 노력을 헌신이라고 생각하며 사랑을 해 왔다. 물론 자신을 맞춰 나가는 노력이 잘못됐다는 것이 아니다. 예를 들어서 워낙 활달한 성격의 소유자인 나는 사람 만나는 것을 좋아하고 술도 좋아하는 편이었지만 상대방이 이런 것들을 싫어하면 술을 줄일 수도 있고 집 안에만 있을 수도 있다. 그런데 내가 말하는 것은 이 정도의 수준이 아니라 나의 성향과 성품 자체를 바꿔 나가는 것이다.

소중한 우리가족을 너무 사랑하고 행복하지만 내 자신을 찾지 못하고 내 안에 나를 억누르고 살아서 그런지 한편으로는 늘 스트레스를 받고 있었다. 그러던 어느 날부터 '나는 이렇게 사는 게 지겨워'라고 본인의 모습이 아닌 다른 모습으로 살고 있는 나를 보고 외치기 시작한다. '당신은 무엇보다 당신 자신이 되어야 한다.'라는 내 안에 꿈틀거리는 본연의 가치관이 되살아났다.

앞으로 6~70년은 더 살아야 하는데 본인이 아닌 다른 옷을 입고 다른 사람의 삶을 살고 싶지 않았다. 본인의 모습이 뚜렷이 있어야지만 나도 상대방의 있는 모습 그대로를 사랑할 수 있다고 본다. 그러는 과정 중에 내가 내 안의 모습을 찾고 나니 놀라운 사실을 발견했다.

'사랑 때문에 본인을 바꾸어 나가려는 모습을 상대방에게 보이지 못하면, 나의 이런 모습들이 바뀌지 않으면 상대방이 떠날 것 같아. 그리고 내가 안 바뀌면 나한테 이별을 말할 것 같아. 아니야, 난 변해야 돼…변해야 돼…변해야 돼….'

아닙니다. 나는 이런 사람들에게 말할 수 있다. 당신 자신의 본연의 모습을 기억하시고 그 모습을 찾아 가라고. 만약 이 사람과 이별을 했더라도 걱정하지 않아도 된다. 이 세상 어딘가에는 당신 본연의 모습을 아름답고 사랑스럽고 보석처럼 바라봐 줄 누군가가 반드시 존재하기 때문이다. 그것을 뭐라고 하는지 아는가? 바로 인연이라고 한다. 그것을 뭐라고 하는지 아는가? 운명이라고 한다. 애쓰지 않아도 당신의 있는 모습 그대로를 사랑해 줄 사람이 이 세상 어딘가에는 존재한다는 것이다. 그렇기 때문에 지금 사랑하는 사람에게 본인을 맞추려고 애쓰지 말기 바란다. 본인의 있는 모습을 그대로 보여 줬으면 좋겠다.

성숙한 사랑이란 본인의 있는 모습 그대로를 보여 주고 그 과정 속에 서로를 맞춰 가는 게 아닐까? 희생하시는 분들, 특별히 본인의 모든 걸 내려놓고 이 사람에게 맞추지 말기 바란다. 그건 사랑이 아니다.

마지막으로 앞서 언급한 바와 같이 본인의 있는 모습 그대로를 사랑해 줄 사람이 이 세상 어딘가에 존재한다는 것을 믿기 바란다. 당신의 사랑을 응원한다.

후회 없이 성장하기 위해 알아야 할 것들

우리는 살아가면서 인생이든 사랑이든 누구나 선택을 하게 되고 후회를 반복하게 된다. 그럴 때 후회 없는 선택을 하기 위한 또는 그 잘못된 선택을 극복하기 위한 좋은 선택방법이 무엇이냐고 누군가 나에게 묻는다면 나는 그것을 말하기 전에 먼저 성공과 실패에 대해서 이야기하고 싶다. 대개 성공과 실패라는 이분법적인 관점으로 나누어 인생의 잣대를 그어 버리는 사람들이 많이 있다. 하지만 한번 생각해 보자.

초등학교 시절에는 받아쓰기 문제 틀린 것 때문에 인생이 무너지는 것 같았다. 중·고등학교 시절에는 중간고사, 기말고사 시험문제 하나 때문에 좌절감을 맛보았고 나 자신이 한심하기 짝이 없었다. 이런 나의 좁은 생각들은 결혼을 하고서도 크게 달라지지 않았다. 그래서 그런지 경제적 위기가 찾아왔을 때도 어찌할 바를 몰라 그저 세상이 무너지는 것 같은 느낌에 사로잡혀 우울한 나날을 보냈다.

그러던 어느 날 막막한 성공과 잦은 실패로 인해 생각의 한계에 도달했을 때 우연히 책꽂이에서 나폴레온 힐(Napoleon Hill)의 고전『놓치고 싶지 않은 나의 꿈 나의 인생』이란 책을 꺼내 읽게 되었다. 나는 늘 책하고는 담을 쌓고 살았고, 책 읽을 시간을 낼 수 없다는 핑계를 만들어 왔고 사실 책을 왜 봐야 하는지도 몰랐다. 나의 생각이 잘못된 선택으로 인해 방황하고 있을 때 조용히 다가와 나의 손을 잡아준 독서라는 큰 메리트가 나를 사로잡았다.

책과 친구가 되면서 내가 여태껏 살아 온 세월들을 돌이켜 보니 그 과정들을 생각할 때면 웃음이 난다. '아! 그때 내가 왜 그랬지' 당신도 충분히 공감할 수 있을 거라고 생각한다. 지금 와서 생각해 보면 인생의 성공과 실패는 그때 당시에 결정되는 것이 아니다.

우리가 영화를 볼 때도 그렇다. 처음에는 굉장히 잘 살고 행복하다가도 마지막에는 파국으로 치닫는 사람이 있는가 하면, 처음에는 찌질하고 어렵고 힘들지만 마지막에는 해피엔딩으로 끝나는 사람도 있다. 물론 그 이후의 삶까지는 어떨지 모르겠지만 우리의 인생도 누가 성공했다 실패했다는 말로 함부로 단정지을 수 없는 것 아닐까.

성공의 기준은 그냥 그 사람이 행복해하고 하루하루를 열심히 살면 성공한 사람이라고 생각한다. 하지만 실패에 대한 기준은 다르다. 자신이 그 순간만 보고 실패 때문에 나아가지 못하고 모든 것을 포기할 때 이 사람은 실패했다라고 말하고 싶다. 본인이 어떤 결정을 내릴 때 '나는 실패했기 때문에 못 살 것 같아' '나는 실패했기 때문에 앞으로는 안 될 거야' 이렇게 실패하는 자신의 자화상이 뇌와 세포 하나하나에까지 영향을 끼쳐 실제로 시간을 낭비하고 삶의 패배자가 되는 경우가 있다.

하지만 독서와 친구가 되면서부터 다르게 생각하게 되었다. 그 순간 실패를 했더라도 계속적으로 성장을 원해서 끊임없이 노력하고 하나, 둘, 셋씩 차근차근 바꿔 나간다면 이 사람은 성공할 수 있지 않을까?

인생에서 성장하기 위해 좋은 선택이란 자신이 후회하지 않는 선택을 하는 것이다. 물론 주위에 친구들도 많고 조언해 주는 사람도 많았지만 그 사람들의 이야기만을 듣고 선택해서 후회한 적이 많이 있다. 나를 아껴 주는 사람들의 이야기를 듣지 말라는 것이 아니다. 중요한 순간에는 본인 자신한테 본인이 물어봐야 한다는 것이다. 그래야지만 적어도 후회를 안 할 수 있게 되기 때문이다.

책을 가까이하며 성공과 실패를 두려워하지 않게 되었고 주위의 이야기를 듣더라도 자신에게 꼭 물어보는 시간을 갖고 조금 더 성숙한 선택을 하나하나 해 나가게 되었다. 나의 감정적인

면, 나의 이성적인 면을 다시 돌아보고, 사람들 앞에서도 더 깊이 있게 당당해지고 성장이 필요한 분들은 책과 친구가 되어서, 자신에게 질문을 먼저 하라고 하고 싶다. 본인이 지금 삶보다 더 나은 삶을 살고 싶거나, 정말 성장하기로 결심했을 때만이 성장할 수 있다고 나는 생각한다.

그럼 여기서 '성장이란 무엇일까?'라는 궁금증이 생기게 된다. 어제보다 오늘 더 행복하려면 크게 돈을 많이 벌거나 본인의 삶이 송두리째 바뀌어야 하는 것은 아니다. 작은 것 하나부터 본인이 원하는 것들에게 가까워진다면 그것을 위해 행복하고 성장하고 있다고 말하고 싶다.

아인슈타인은 "어제와 똑같이 살면서 다른 미래를 기대하는 것은 정신병 초기증세이다."라고 했다. 많은 분들이 뜨끔할 것 같은 명언이다. 책과 친구가 되어 어제보다 다르게 서서히 내가 생각하는 것과 내 말과 행동하는 것들이 변하면 누가 뭐라고 그러더라도, 결과중심적인 삶을 살고 있는 다른 사람들이 나를 재단한다 할지라도 나는 성장하고 있다는 자신을 가질 수 있다.

아무쪼록 나는 오늘도 변화하고 성장하고 싶어서 항상 노력하고 있다. 끊임없이 책을 보고, 끊임없이 자기계발하고, 끊임없이 이 시간을 아껴 쓰고 있다. 당신의 오늘보다 내일이 더 성장하는 삶을 응원한다.

9

Dream teller

정해광

오관입지(五觀立志)

현재 취미로 통기타를 치는 40대 직장인이다. 대학 1학년 때 취미로 통기타 동아리에 들어가서 배웠었는데 지금은 나름 강의도 가끔 나가곤 한다. 한 번도 학원 같은 곳에서 누군가에게 배워본 적 없이 맨땅에 헤딩하듯 20년을 치니까 뭔가 드러나는 결과물이 생기는 것 같아 신기하기도 하다. 지금은 억지로 들이댈 정도가 되려나 싶긴 하지만 나에게도 창피할 정도로 서투른 적이 당연히 있었다.

처음 기타를 배웠을 때가 지금도 선명히 기억에 남아 있다. 1998년 3월 23일이었던 것으로 기억한다. 동아리방(그때는 학생회관 1층 끝 방이었다)에서 1년 선배 누나에게 C-Am 달랑 두 마디를 배워 놓고 주말에 바로 고향인 서산 집에 가서 작은누나에게 기타 배웠다고 자랑자랑을 했던 기억이 생생하다. 벌써 22년이 지난 일이다.

졸업하고 아저씨 되면 먹고 사느라 바빠서 동호회 같은 것은 못 하는 줄 알고 학교 때 나름 열심히 했었는데 오히려 지금은 그때보다도 더 정신 못 차리고 열심히 동호회 활동을 하고 있는 듯싶다. 지금은 평택에서 '하모니아'라는 팀으로 열심히 활동하고 있고 전국 통기타 동호회 연합에서도 7년 정도 활동하고, 이번에 평택 통기타 연합도 결성하게 되었다.

누구나 인생에 가장 하고 싶은 일들이 있느냐 묻는다면 나름 몇 가지씩 이야기를 할 것인데, 내게는 크게 두 가지가 있다.

그중 하나는 거리공연. 버스킹을 통해 모금운동을 하고 그 돈으로 누군가에게 기부를 하는 것인데, 2012년 2월 말 정도로 기억한다. 당시 인천 DC마트에서 일하고 있었는데, 그동안 주 5일 근무하는 곳에서만 일해서 으레 토, 일요일은 쉬었었다. 그런데 이놈의 마트 일은 주말이 없다. 주말뿐 아니라 한 달 통틀어 쉬는 날이 이틀밖에 되지 않았다. 처음에는 쉬는 날이면 정신없이 자기 바빴었는데 1년 좀 넘게 그렇게 지내다 보니 쉬는 날 마음의 여유가 생기기 시작했고, 어느 쉬는 날 방에서 가만히 생각하게 되었다. 이 소중한 날 아무것도 안 하고 그냥 지나치니 너무도 아까웠다. '이 소중한 날에는 내가 가장 좋아하는 일을 해 보자'라고 생각하게 되었고 그 뒤로 마트 2층 창고에서 틈나면 기타 연습을 했다.

결국 결전의 그날, 인천에서 가장 사람이 많이 모인다는 구월

동 로데오 거리 광장 가운데 타일이 별 모양으로 커다랗게 그려져 있었다. 그 한가운데서 아무런 장비도 없이 오로지 기타 하나 메고 보면대 하나 놓고 노래를 시작했다. 쿨의 '한 장의 추억'이라는 노래. G키로 시작하는 그 느린 노래의 첫 스트로크를 치기까지 3분 정도가 걸렸다. 그 3분이 아마도 내 인생을 구분하게 되는 경계선이 되었던 것 같다. 결국 노래는 시작되었고, 너무도 창피하고 긴장도 많이 하다 보니 시작한지 채 몇 곡이 되지 않아서 손가락에 쥐가 와서 끝내 시작한 지 30분 만에 접어 버렸다.

그날 로데오거리의 그 순간 이후 내 인생은 바뀌어 버린 것 같다. 그날 이후 바로 보컬레슨을 신청해서 두어 달 배웠고 비록 예선에서 광속으로 탈락했지만 '슈퍼스타K'에도 나가 보고 결국 KBS '전국 노래자랑'에 나가서 당당히 본선에 오르기도 했다. 어느 가요제에서는 금상도 받아서 상금도 받고 했다. 물론 그 사이 동호회 활동을 꾸준히 했다. 그러다 인연이 맺어진 고속도로 휴게소 모금공연 팀에서 한동안 그분들과 함께하게 되었다. 지금보다 많이 젊고 어렸던 어느 날 꿈속에서 보았던 시장 통에서 노래하던 내 모습을 실제로 내가 하고 있던 것이다. 너무 행복했고 소중했던 시간이었다.

여기까지가 내 첫 번째 위시리스트라면 두 번째는 책을 내는 것이다. 어릴 때부터 책을 많이 읽지는 않았지만 그래도 조금씩 건드리기는 했다. 평소에 '선비'라는 모습을 동경해 왔기에 나도 그런 삶을 살고 싶은 마음이 컸다. 허나 무작정 글을 읽고 글을 쓴다고 장땡은 아닌 것을 잘 알고 있다. 꾸준하지도 않을뿐더러 책을 읽었다는 사실조차 금방 잊어버리곤 했다. 그렇게 지내다 재작년 여름 즈음 인터넷 블로그를 보고 문득 생각이 들었다. '나도 글을 쓸 수 있게 된다면 참 좋겠다.'라고.

그동안 SNS나 모임 밴드 등을 통해 전에 썼던 글들을 가끔 올리곤 했는데, 사실 나는 몇 년째 붓방아만 찧고 있는 실정이다. 새로운 글이 안 나오는 것이다. 답답하기도 하고 이런 내가 한심하기도 해서 이리저리 기웃거리다가 '독서모임에 나가면 억지로라도 책을 읽게 되겠지'라는 생각에 시내에 있는 독서모임에 가입하게 되었다. 사실 모임도 열심히 나가지도 않고 별 생각 없이 지내고 했는데 갑자기 무슨 공저를 한다는 소식이 들려왔다. 함께 모임에 나가시는 멤버 선생님들도 꽤나 의욕적이다. '내 깜냥에 무슨 작가냐 괜히 민폐만 끼치지 말고 가만히 있어야지' 했는데, '그래도 혹시? 나도 한번?' 이런 생각이 강하게 들었다. 마치 십 년쯤 전에 인천에서 기타를 들고 거리에 나섰던 그날의 내 모습처럼. 이건 기회라는 생각이 머리에서 떠나지 않았다. 시작은 미약하였으나 그 끝은 창대하리라는 성경의 구절처럼 30분 만에 도망치듯 물러났던 내가 아직까지 거리에서 모금하는 것처럼 될 수 있지 않을까?

'이 글은 그 시작이다.' 라고 생각하기로 했다. 지금 올리는 이 글은 구월동에서 벌벌 떨면서 부르던 그 노래 '한 장의 추억'이다.

아니, 앞으로 추억이 될 '다섯 개의 장'을 올려 본다.

직업군인으로서 남들보다 긴 군 생활을 했다. 8년 반 정도의 군 생활 중 기억에 남는 순간이 참 많기도 하지만 그 중에서 가장 기억에 남는 일들 중 손가락에 뽑힐 만한 교육들이 있었는데, 하나는 '다물 민족학교'라는 곳이고, 또 하나는 '충무공 리더십센터'였다. 둘 다 며칠 합숙하며 교육을 진행했었는데 그중 '충무공 리더십센터'에서 받았던 교육 중 교수님이 말씀하신 내용이 산만하던 내 삶을 돌아보게 되는 계기가 됐었다. 그 내용이 바로 오관입지(五觀立志).

군자가 되는 기본 덕목 중 '오관입지'라는 게 있다고 한다. 여기서 오관이란 다음 다섯 가지를 바라보는 관점을 말한다.

1. 국가관
2. 역사관
3. 사생관
4. 이성관
5. 직업관

물론 순서가 조금 다르고, 종교인은 하나를 더하겠지만, 종교 문제는 일단 논외의 문제로 하자. 이 내용을 듣고 바로 이 다섯 가지를 생각하지는 않았다. 당시의 나는 별 생각이 없이 살고 있었기에 지금 생각해 보니 뭐 거창한 이유 따위 갖다 붙일 필요도 없이 그때는 그냥 그랬으려니 한다.

그 후 8년 정도의 시간이 흐르고 나이도 40대가 되고 나니 문득 그때 들었던 이 내용이 생각났다. 방에서 혼자 조용히 묵상하며 한 가지 한 가지씩 생각을 정리했던 걸 옮겨 볼까 한다.

국가관 : 오브노시스(Obnosys)

오브노시스(Obnosys): 당연히 있기 때문에 그 소중함을 모르는 것. 예) 공기, 태양 등

국가는 공기, 햇빛과 같은 존재다. 내가 대한민국에 태어난 순간 국가라는 울타리가 생긴다. 우리는 그 안에서 수많은 혜택을 받게 된다. 혹자는 이렇게 말한다. "나라가 나에게 해 준 게 뭐가 있는데?" 참 뭐라 설명해 주기도 민망한 질문이다. 굳이 비교하자면 "엄마, 아빠가 우리에게 해 준 게 뭐가 있는데요!"라며 대드는 반항기 가득한 사춘기 소년의 질문 같다고 할까? 그 친구에게 우리들 대부분은 아빠, 엄마가 낳아 주고, 먹여 주고, 재워 주고, 가르쳐 주고 했음 됐지 뭘 더 바라냐는 반응을 보인다. 국가 역시 그렇다. 낳아 주지만 않았을 뿐이다.

국가는 우리에게 의무교육과, 의료보험, 그리고 국방서비스를 제공한다. 그 외에도 대한민국이라는 브랜드 파워를 누릴 수 있

게 해 준다. 바로 '한류'라는 이름으로 말이다. 세계 제일 수준의 치안을 갖고 있는 게 바로 우리 대한민국이다. 자정에 필요한 게 있으면 아무 걱정 없이 거리의 편의점을 갈 수 있으며, 새벽 교대근무가 끝나고 별 생각 없이 골목길을 지나 집으로 갈 수 있는 나라는 전 세계에 몇 개 나라밖에 안 된다.

또한, 현재 대한민국 여권의 힘이 얼마나 큰지 인터넷을 조금만 뒤져 봐도 바로 알 수 있다. 그 외에도 외국인들이 너도나도 엄지를 드는 와이파이 환경, 편리한 교통서비스, 빠른 인터넷. 과연 이게 한 개인이, 한 단체가, 한 기업이 이뤄 낸 인프라일까? 이처럼 우린 수많은 혜택을 이미 받았다.

나라가 없어졌을 때 겪었던 고통을 생각하자. 우리가 해방된 지 채 100년이 되지 않았다. 유대인들이 왜 그토록 오랜 시간을 억압받았었는지를 잊지 말아야 한다. 그 이유는 여러 가지가 있겠지만 가장 큰 이유는 바로 국가가 없었기 때문이다.

직업 군인으로서 남보다 군 생활을 네 배 더 길게 했다. 8년 반. 그리 길지 않지만 짧지도 않은 군 생활이다. 나름 조국을 위해 헌신했다 생각한다. 그곳에서 나의 20대 전부를 보냈다. 내 자신의 근간을 이루고 있는 정체성 역시 군대에서 확립했던 것 같다. 평소 우리가 숨 쉬는 것을 감사하지 않듯 굳이 챙겨서 생각하지 않으면 느끼기 힘든 것. 국가 역시 그것과 같은 게 아닐까.

나의 국가관은 바로 '오브노시스(Obnosys)'다.

역사관: 다물(多勿)

군 시절 '다물 민족학교'에서 간부과정을 수료했다. '다물 민족학교'는 경남 산청군 지리산 끝자락에 위치한 교육 기관으로 각 민간, 공기업, 공직자, 군인, 여성, 청소년 대상으로 우리 민족의 뿌리와 정체성 그리고 자긍심을 일깨워 주는 교육을 해 주는 곳이다. 그동안 어렴풋이 갖고 있던 역사와 민족관을 명확히 정립하게 되어 정말 좋았던 기억이 난다. 우리나라 국회의원들도 당선이 되면 이 교육을 받는다고 하니 나름 고급 교육이다. 그곳의 교수님이 교육 도중 한탄을 하며 이런 말씀을 하셨다. 국회의원들에게 강의하면서, 우리나라 국민들의 의식수준을 뼈저리게 알게 되었다고 한다. 고조선에 대한 이야기를 하는데 국회의원 중 한 사람이 "그거 단군할아버지랑 호랑이, 곰 나오는 신화 아닙니까?"라고 하더란다.

신화라니. 이미 정사로 인정받아 교과서에도 실린 지 한참인 우리나라 역사를 그저 신화로만 치부해 버리는 한심한 작태와 그 말에 일부 동조하는 무리들까지. 그게 우리나라 국정을 책임지는 국민들의 대표가 할 소리란 말인가! '태정태세문단세' 백날 외우면 무엇하나. 역사란 지식이 아니라 내 뿌리를 바라보는 마음가짐이다.

중국이 왜 동북공정에 그토록 심혈을 기울고, 일본이 왜 독도 문제를 포함한 여러 가지 문제를 일으키는 것일까. 그 이유는 다름 아닌 명분 만들기다. 역사란 패러다임이다. 동시대를 살아가는 지식인들이 보편적으로 맞다고 생각하는 것. 그리고 그에 합당한 증거, 사회적 공론. 이것이 합쳐졌을 때 비로소 '역사'라는 이름을 얻을 수 있다.

외교문제에 있어서 가장 중요한 요소는 두 가지. 자국의 이득과 명분. 수년 전 만주 간도지방 환원 국제법 회부의 공소가 끝났을 때(공소기간 100년), 난 피가 거꾸로 솟을 정도로 분개했다. 내용인즉슨 '간도 지역(만주 길림성(吉林省) 동남부지역으로 중국 현지에서 연길도(延吉道)라고 부르는 지역)은 조선 말기 우리 영토였는데 그걸 중국에 넘기는 협의를 나라의 국장인 왕(王)이 아닌 엉뚱한 사람이 했기 때문에 협상 자체가 무효이며 그 지방은 한국 영토이다.(남, 북한 같이 권리가 있다)'라는 것이다.

물론 현실적으로 지금 그 땅을 당장 돌려받는 것은 무리가 있음을 인정한다. 하지만 합법적으로 국제사회에 문제제기를 할 수 있었고, 그곳이 분쟁 지역임을 알릴 수가 있었다. 우리의 후손들이 전쟁 같은 극단적인 방법이 아닌 법적 절차를 통해 잃어버린 땅을 찾을 수 있는 기회. 당연한 우리의 권리뿐만 아니라 우리 후손들의 권리 행사를 스스로 차 버린 것이다. 이완용만 매국노가 아니라, 이번 문제를 강 건너 불 보듯 입 다물어 버린 우리 모두가 매국노이다. 그에 반해 우리의 대응은 심히 통곡할 수준이다. 말만 속상하네, 어쩌네, 그래놓고 실상은 고구려 관련 영화, 책, 사극만 우후죽순처럼 늘었다. 왜 그럴까. 물론 정답은 '돈이 되니까'다.

'다물'이란 말의 뜻은 '옛 땅을 되찾음'과 '다 물리다'의 두 가지 의미를 지닌다. 『삼국사기』 고구려본기 동명성왕 2년 6월조를 참조하면 이 단어가 고구려어로 구토(舊土) 회복의 뜻임을 알 수 있다. 이 두 가지를 합하면 구토 회복의 그때까지 입 '다물'고 최선을 다하자는 의미가 있는 셈이다. 이 사실을 '다물 민족학교' 교육을 다녀와서 친한 친구 양 모 씨에게 얘기해 줬더니, 나를 무슨 '도를 아십니까' 같은 사이비 종교인 취급했던 게 생각났다. 이후 드라마 '주몽'이 뜨고 나서 내가 '거 봐, 내가 지어낸 말 아니라고 했지?'라니까 아무 말 못 했었다. (드라마 '주몽'에 다물단이 나옴)

우리 민족이 무턱대고 최고라는 식의 국수주의, 소위 말하는 '국뽕'이 아니라, 자식을 위해 손에 장난감, 용돈을 쥐어 주는 것만이 아닌 더 나은 환경, 타 민족 앞에서 당당할 수 있는 자부심을 심어 주는 것. 이것 역시 부모로서 할 일이다. 더 넓고 깊은 시각을 갖자. 역사관이란 그래서 중요한 것이다. 나뿐만이 아닌 내 아이를 위해서 알아야 하는 것. 그것이 역사다.

내 역사관은 '다물'이다.

사생관 : 거름이라는 Mission

거름:

1. 식물이 잘 자라도록 땅에 주는 물질의 총칭

2. 관용적 의미로 후대가 잘되게 하기 위한 밑바탕이 되어 주는 일

| 미션(Mission) : 사명

평소에 생각을 안 하던 주제였던 만큼 너무도 어려웠던 주제였다. 어떻게 살 것이고, 어떻게 죽을 것인가. 벽 보고 아무리 생각을 해 봐도 정리가 안 되더라. 하긴 죽고 사는 문제를 고작 한두 시간에 정리하려 했으니 당연한 결과다. 그나마 평소 조금씩이나마 생각해 두었던 게 있어 비교적 수월하게(?) 써 나간다. 사생관, 혹은 생사관. 무엇이 먼저 오든 상관없다. 다만 우리는 언제 떠날지 모르기 때문에 삶에 대해 먼저 쓰고 죽음에 대해 나중에 쓰겠다.

| 생(삶)

2008년도 겨울의 어느 날 쓰여 있는 일기를 본 적이 있다. 그날, 난 이렇게 썼다.

"내 나이 마흔이 되어 어떤 모습을 하고 있든지 태양은 날 비추고 있을 거란 사실에 추호도 의심을 하지 않는다."

이 일기를 본 순간 온몸에 소름이 돋았다. 이게 정말 내가 썼던 글일까 하는 놀라움. 그때 평범한 일상, 이를테면 밥은 뭐 먹었네, 날씨가 어땠었네 등 이런 저런 글들을 많이 섞어서 적어 놓았지만 요약하자면 다음과 같다. 내가 몇 살이 되어도, 내가 어떤 상황, 어떤 모습을 하고 있어도, 남들이 날 비웃는 상황이 오더라도, 적어도 태양은 날 환하게 비출 거라는, 절망이라는 것은 인생의 어느 순간에든 할 필요가 없다는 내용이었다. 매 순간 책임을 다했지만, 그거에 대한 보상이 없더라도, 아무도 날 보는 이가 없더라도 적어도 태양은 변함없이 날 보고 웃어 주기에, 나에게도 햇살을 내려 주기에 실망하지 말자는 이야기. 실망한다는 것은, 애초에 뭔가 기대를 했다는 의미다. 그저 한 발 한 발 꾸준히 나아가는 것. 스스로 잘해 나가고 있다고 믿는 자부심. 필요한 것은 그것이 아닌가 싶다.

그 일기를 쓴 지 11년이 지난 지금의 나는 일기에서 얘기했던 40을 넘어 버렸다. 당시 30을 넘으면서 계란 한 판을 채웠다는 둥 늙었다는 둥 이래저래 우울했던 기억이 있다. 괜히 김광석의 '서른 즈음에'나 박상민의 '서른이면' 같은 노래만 들으면 과한 감정 이입에 우울해하기도 하고, 혼자서 근린공원 벤치에 앉아 캔 맥주를 홀짝거리며 궁상을 떨기도 했다. 나 혼자만 알고 있는 흑역사였을까. 오히려 11년 전 그때의 '나'보다 오늘의 '나'는 더 젊어졌고, 더 생기가 돌고 있다.

이 글을 쓰고 있는 오늘 아침 출근길을 떠올려 보면 태양은 오늘도 나를 비춰 주고 있었다. 그래, 일기 속의 '나'라는 녀석이 바랐던 미래의 '나'는 그때의 찌질하고 궁상맞던 '나'라는 녀석과 굉장히 다른 사람이 되어 버린 것 같다. '사람은 왜 죽는 것일까?'라는 생각을 해 봤다. 글쎄, 왜 그럴까? 긴 묵상의 끝에서 내린 결론.

나의 탄생의 이유는 부모님이 만나셨기 때문이며 나의 죽음의 가장 근본적 이유는 내가 태어났기 때문이다. 다른 수많은 이유들이 있고, 위에서 적은 것보다 더 있어 보이고 그럴싸한 이유들이 많지만 이토록 명쾌하게 설명되는 것은 없었다. 이 해답이 정답은 물론 아니다. 다만, 나는 나의 삶을 살아가고 있으며 내 삶과 죽음의 이유에 대해선 적어도 내 스스로의 힘으로 결론짓고 싶다.

세상에는 나 같은 보통 사람들이 대부분을 차지하지만, 그 대부분의 보통사람만큼 많지 않더라도 정말 잘 사는 사람들이 많이 있다. 부, 명예, 외모, 셋 중 하나만이라도 갖고 있다면 사회에서 성공했다는 소리를 듣는데 심지어 어떤 사람들은 위의 세 가지를 다 갖고 있는 사람도 많다. 그들을 보면 참 부럽기만 하다.

솔직히 말하면 화려한 삶의 주인공들. 소위 말하는 '금수저'를 입에 물고 태어난 사람들. 그들의 삶이 부럽고 나도 그렇게 살고 싶다. 허세를 부리며 그들이 부럽지 않다고 애써 말할 수도 있겠지만 굳이 그러고 싶지는 않다. 그렇게 해 봐야 그저 그런 정신승리에 지나지 않기 때문이다.

지금까지의 삶을 돌이켜 보면 그다지 화려하지 않았다. 아니 오히려 수많은 우여곡절을 겪으며 살아왔던 것 같다. 그렇게 한 해 또 한 해 지나가면서 무언가 점점 무덤덤함을 갖게 되는 것 같다. 가령 무언가 힘들고 스트레스를 많이 받을 만한 일들이 생겼더라도 '뭐 이 정도 쯤이야'라며 대수롭지 않게 여긴다. 나이를 먹는다는 게 참 신기한 게 현실을 현실로 받아들이게 하는 마음가짐을 갖게 해 준다는 점이다. 난 나대로, 나만의 삶을 살아가고 있으니까.

다만 갈 때 가더라도 남겨진 사람들에게 무엇인가 해 주고 싶다. 또한 내가 당장 떠나지 않더라도 살아가며 타인에게 도움을 주는 삶을 살아가고 싶다. 즉 타인을 위해 거름이 될 수 있는 삶. 이것이 나의 사명(미션)이다. 지금까지는 생이었고 다음 이야기는 짧다.

| 사(죽음)

먼 훗날 내가 떠날 때가 됐을 때, 미소를 지으며 떠나고 싶다. "이 정도면 잘한 거야. 넌 썩 괜찮았어."라며 떠나고 싶다. 간단하고 쉬워 보이지만, 정말 어려운 일이다. 저런 식으로 떠나려면 첫째, 미련을 두지 말아야 한다. 그러기 위해서는 내가 목표했던 것 중에 이룰 수 있는 것은 거의 다 이루어야 한다. 둘째, 죄책감이 없어야 한다. 죄를 짓지 말아야 하며, 지었다면 사죄나 청산을 해야 한다. 셋째, 두려움이 없어야 한다. 이 또한, 죄를 지은 자가 두려워하는 그것이며 사후 세계에 대한 어떠한 확신도 갖지 못하고 있기 때문이다. 종교의 도움을 받는 것도 방법이 되겠다.

나의 사생관은 '거름'이라는 'Mission'이다.

이성관 : 동행(계면활성제)

문득 물과 기름에 대한 의문이 생겼다. 왜 안 섞일까?

당연히 그냥은 안 섞인다. 둘은 비중이 다른 물질이므로 표면 장력이 다르다. 그래서 둘을 같이 놓았을 때 현저히 드러나는 경계면을 볼 수 있다. 계면활성제는 그 경계면을 없애주어 서로 다른 그 둘을 합쳐지게 해주는 물질이다. 대표적인 예는 비누를 들 수 있다.

여기까진 과학적 사실. 이걸 보고 이런 생각을 해 봤다. 물과 기름처럼 사람과 사람 역시 전혀 다르다. 어떻게 몇 십 년 살아온 내 삶을 한순간에 다른 사람에게 녹일 수 있단 말인가. 난 그런 재주는 없다. 당신도 한순간에 내 삶에 녹아들 수는 없다. 우리는 물과 기름이다. 현격한 경계면이 존재한다. 하지만 우리 사이에 존재하는 경계면을 없애주는 것은 분명히 있다. 그것을 찾아내야 비로소 내가 당신의 삶에, 당신이 나의 삶에 녹아들 수 있게 된다. 그것은 둘 사이의 공통사. 즉, 음악이 될 수도 있고,

미술, 스포츠, 게임, 일, 혹은 돈이 될 수도 있다. 그것을 얼마나 찾아내느냐가 당신과 나의 과제이고, 그것이 우리의 계면활성제인 것이다.

당신은 찾았는가? 난 아직 찾고 있다. 아마 평생을 찾아다닐지도 모르겠다. 당신과 나는 안 맞을지 모르지만, 그것은 아직 이것을 못 찾은 것뿐이다.

연애와 결혼. 연애는 서로 마주 보는 것이고 결혼은 나란히 서서 같은 곳을 보는 것이다. 연애할 때는 마주 보고 있어서 상대방밖에 안 보인다. 상대 집안 사람들이나 성격 등 다른 부분은 그 사람에 가려져 잘 못 보게 된다. 또한, 둘이 안 맞는다면 서로 마주 보고 있으므로 휙 하고 고개를 돌리면 그만이다. 상대에 대해 커다란 책임 역시 질 필요가 없다. 각자에게 주어진 부분만 책임지면 되기 때문이다.

반면 결혼은 이와는 매우 상대적인 위치에 있다. 마주 보던 시선을 돌려 왼쪽, 혹은 오른쪽 한 방향을 같이 본다. 연애하는 동안 안 보이던 상대방의 등 뒤가 그제야 보이기 시작한다. 마치 포커에서의 마지막 히든카드를 보게 될 때처럼 상대의 숨겨진 부분을 알게 되는 것이다. 내가 가진 패는 스트레이트인데, 상대방이 히든카드를 공개했을 때 투 페어라면 미소를 짓지만, 풀 하우스가 나왔다면 어찌해야 할까. 가위 바위 보로 예를 다시 들어보면 내가 주먹을 불끈 쥐고 바위를 냈는데 상대가 가위를 냈다면 내가 이긴 것이지만 보를 낸 상황이라면 뭐. 그때는 상대와 갈라서든지 해야지.

그렇다 해도 일단 결합을 했다면 서로 갈라지는 게 말처럼 쉽지가 않다. 결혼은 혼자 하는 것이 아니라 한 집안 대 한 집안이기 때문이며 재산이나 아이 양육 같은 문제에 부딪히기 때문이다. 물론 위에서 말한 계면활성제(당사자 간의 성격이나 금전 문제 또는, 양가 집안의 가족들 등)가 제구실을 해 줄 때 상황은 좋아지겠지만, 그렇지 않고 부정적 영향을 끼친다면 더 어려워지겠지.

연애와 결혼. 이 둘은 비슷하지만, 이처럼 상대적인 위치에 있다. 정치의 여당, 야당처럼. 자석의 N극과 S극처럼. 그리고 그 둘의 공통점 역시 존재한다. 바로 사랑, 이해, 믿음, 그리고 배려다.

옆 사람의 뒤에 가려진 모습을 보려면 내가 한발 나서든, 물러서든 해야 한다. 우리가 생각할 때 상대방은 도통 움직일 생각이 없는 듯하다. 일단 궁금한 것은 바로 '나'이기 때문이다. 내가 상대를 알고 싶다면 일단 움직여야 한다. 가만히 앉아서 해결되는 것은 결국 아무것도 없다. 함께한다는 것. 같이 간다는 것의 의미를 차근차근 알게 되고 그로 인해 상대방을 배려할 줄 알게 된다는 것. 함께 간다는 건 이런 의미가 아닐까?

나의 이성관은 '동행'이다.

직업관 : 상생

2080. 직장인 100명 중 20명은 퇴근하는 그 시간까지 온종일 바쁘지만, 나머지 80명은 퇴근 시간만을 기다린다는 조사결과가 있다. 정확히 그 숫자가 맞지는 않겠지만 상당히 신빙성이 있다.

직업군인으로 근무하면서 전역 후 여러 근무처를 거치면서 수많은 사람을 만나 봤지만 2080 법칙이 정말 비슷하게 적용된다는 사실에 깜짝 놀랐었다. 개인적으로 같은 부사관이어도 4년 만기 제대한 사람은 2년 병장 제대한 사람과 똑같다고 생각한다. 부사관은 임관하고 만 3년이 되면 장기복무 신청을 한다. 이미 직업이 군인인 사람들은 이때가 재밌기도 하다. 장기복무 3년 연장 신청을 해서 심사를 거쳐 정식으로 장기복무 부사관이 되면 비로소 자신과 같은 길을 걷는 진짜 후배가 되는 것이기 때문이다.

그 외의 사람들. 즉 단기복무 후 전역하는 사람들은 4년간의,

남들보다 많은 군 생활을 하지만 기간만 채우고 조금 있으면 떠날 사람들이므로 복무하는 자세가 의무복무를 하는 다른 병사와 별반 다르지 않다. 거꾸로 걸어 놔도 국방부 시계는 돌아가기에 그저 전역 날짜만 기다리며 하루하루를 보낸다. 나 역시 그들에게 그리 큰 관심을 두지 않는다. 또한, 별다른 기대도 하지 않는다. 어차피 떠난다는 전제를 달고 있는 사람이므로.

남자와 여자는 직장에 관한 생각이 아주 다르다. 남자는 직장을 삶의 터전으로 받아들이는 경향이 크다. 자신의 직장이 고정적이고, 변동이 적을수록 가족이 안락한 생활을 할 확률이 크기 때문이다. 반면 여자는 직장을 단순히 돈을 버는 수단으로 여기는 경향이 있다. 여자는 상대적으로 가정 그 자체에 무게를 많이 두게 된다. 분명히 이 글은 여자들도 읽는다. 나는 안 그런데 이 사람이 왜 이러지? 하며 기분 나빠하지 않았으면 좋겠다. 솔직히 말해서 결혼 후 남편이 벌어 주는 돈으로 나는 살림이나 할까라는 생각을 진실로 단 한 번을 안 했다면 그 사람은 나에게 돌을 던져도 좋다. 당신은 '전업주부'라고 하면 남자를 떠올리는지 여자를 떠올리는지 생각해 보기 바란다.

의무복무를 다 하면 전역하는 단기복무하사와 바로 위에서 언급한 직장을 대하는 남자와 여자의 시각 차이. 두 이야기를 왜 하는가 하면, 둘 다 현재의 직장에서 한 발을 뺄 준비가 되어있기 때문이다.

군 생활을 하면서 2080에서의 20 안에 들었다고 나름대로 생각한다. 어느 순간 일과시간과 관계없이 남아서 일을 하고, 휴가 중에도 부대에 일이 있을 때 당연한 듯 부대에 들어가는 내 모습을 보게 됐다. 업무를 소화 못 한다 싶으면 남아서 공부했다. 자정이 넘어서도 기분 좋게 혼자 퇴근하며 "해광아 넌 열심히 하는 거야."라며 뿌듯해했던 게 기억난다.

업무시간이 길다고, 그저 퇴근을 늦게 한다고 일을 잘한다는 소리는 결코 아니다. 우리 사회는 일을 많이 하는 사람이 아닌 일을 능률적으로 '잘'하는 사람이 필요하다. 하지만 세상이 아무리 바뀐다 한들 절대 변치 않을 가치가 있다면. 바로 '근면'과 '성실'이 아닐까 싶다. 시간은 너무도 상대적으로 흐른다. 20들의 시간은 엄청난 속도로 흐르고 나머지 80들은 시간이 참 느리게 흐른다고 한다.

상생. 내 직업관의 포인트는 '상생'이다.

전역 후 취업을 위해 썼던 자기소개서 중 항상 집어넣는 글귀가 있다.

많은 사람은 "나는 최고가 될 것이다."라고 말합니다. 물론 좋은 말입니다. 스스로 자기 계발에 큰 노력을 기울여 발전하고, 자신의 꿈을 위해 한 발 한 발 전진을 거듭해 그 분야의 최고가 된다는 것은 많은 사람을 설레게 합니다. 하지만 자신의 발전을 위해 다른 사람을 배려하지 않는, 혹은 다른 사람을 짓밟아 가며 앞으로 나아가려는 그런 이기적인 사람이 성공한다면, 그보다 잔인하고 끔찍한 일도 없을 것입니다. 그런 사람이 성공하게 되면 다른 사람의 사정 따위 신경도 쓰지 않고, 더 힘들게 하기 마련입니다.

하지만 내가 아닌 우리가 최고가 된다면 어떻겠습니까? 서로를 믿고 의지하며 발전해 나가는 상생의 관계. 물론 그를 위해서 자기발전 역시 필수가 될 것입니다. 단순히 먹고살기 위해 억지로 일하는 것이 아닌, 하나의 목표를 위해 일을 한다면 직장은 일터가 아닌 신명 나는 삶의 터전이 될 것입니다.

"생각을 바꾸면, 행동이 바뀌고, 행동이 바뀌면 습관이 바뀌고, 습관이 바뀌면 성격이 바뀌고, 성격이 바뀌면 운명이 바뀐다." 스티븐 코비의 『성공하는 사람들의 7가지 습관』이란 책에서 참 인상 깊게 봤던 글귀다. 나 하나의 생각을 바꿔서 스스로의 운명이 바뀔 수 있다면, 그로 인해 동료들의 생각도 바뀔 수도 있고 또한 그들의 운명도 바뀔 수 있다고 생각한다. 나 혼자만이 아닌 우리가 함께 바꾸는, 우리가 만들어 가는 또 다른 미래. 그것을 위한 시발점이 바로 나라면, 이 또한 멋진 일 아니겠는가. 아마도 내가 바라보는 직업관을 제일 잘 표현해 주는 글이 있다면 이 글이 될 것 같다.

어떤 분야든 최고인 사람들을 보면 그것에 미쳐 있는 사람처럼 보인다. 평범한 사람은 절박한 사람을 이길 수 없고, 절박한 사람은 그것에 미쳐 있는 사람을 이길 수 없다. 일본의 피겨스케이트 선수 '아사다 마오'는 절박했고 한국의 '김연아'는 미쳐 있었다. 이 다섯 개 장을 쓰면서 나는 잠시 동안이지만 미쳐 있었던 것 같은 특별한 경험을 했다.

어른이 된다는 것. 나이를 먹는다는 것은 어린 시절에 꾸었던 총천연색의 꿈을 잊는 것이라 한다. 40대가 넘은 시점에서 매일 매일 무지개색 꿈을 꾸는 사람이 과연 몇 명이나 될까. 희미한 흑백사진처럼 빛바랜 기억이라도 남아 있는 꿈을 꾸는 날이 이미 드물어져 버린 나이가 되어 버렸다.

몇 년 동안 불우이웃 돕기 모금공연을 해 왔다. 고속도로 휴게소에서, 공원 분수대 앞에서, 평택역 앞에서도. 2013년부터 했으니 벌써 햇수만 해도 7년 차고, 만으로 해도 5년이다. 많은 주위 사람들이 나에게 얘기한다.

"불우이웃 돕기는 좋은데 네가 불우이웃인데 누구를 돕는다고 그러냐? 너부터 살아야지."

내 걱정을 해서 하는 말인 것은 잘 안다. 그만큼 나를 아껴 주고 있다는 뜻이니까. 하지만 산다는 '것'이 그렇게 단순한 뜻만 갖고 있지 않다는 걸 지금은 어렴풋이 알게 되었다. 꿈을 잃은 채 회색빛 하늘만 바라보고 있다는 게. 그저 그렇게 숨만 쉬고 있다는 게. 억울하다. 나도 아직 꿈을 말할 수 있다는 사실을 내 주위 사람들에게 당당히 말하고 싶다.

우리는 직장인 또는 주부인 독서 모임이다. 당연히 구성원들 전원은 누군가의 엄마, 아빠인 어른들이다(아, 나는 아니지만). 하지만 우리는 아직 꿈을 꾸고 있고, 그 꿈을 당당히 말하고 있다. 바로 이곳 '책바침'을 통해서.

우리는 아직 꿈을 꾸는 소년과 소녀들이다.

독서 모임이 기다려진다

"독서 모임에 참여하고 싶은데 절차가 어떻게 되나요?"

종종 문자나 블로그 댓글로 이런 메시지를 받으면 기분이 참 좋다. "또 누군가가 우리에게 문을 두드리는구나?" 스스로 더욱 의미 있는 모임을 만들고 싶어진다. 2018년 '100일 동안 33권 책 읽기 프로젝트'로 시작한 학교 학부모들의 작은 이벤트에서 '책 · 바 · 침'이라는 독서 모임으로 완성되어 3년으로 접어들었다. 책장(책바침의 회장)을 3년째 맡고 있지만 나는 아직도 많이 부족하고 책장이라는 자리는 부담스럽다. 꿈같이 공저를 계획해서 이렇게 함께 책을 쓸 수 있다는 것도 나는 꿈만 같다.

나의 독서 나이가 올해 3살로 접어들면서 이제 제법 사람들 앞에서 긴장하지 않고 나의 느낀 점을 이야기할 수 있고 가까운 지인에게는 책을 추천해 주거나 책과 관련된 이야기나 명언을 전해 주기도 한다. 내가 독서 모임을 참여하면서 얻고 싶었던 것은 흔들리지 않는 나를 갖고 싶다는 생각 하나였다. 주변의 시선에 갈팡질팡하지 않고 나의 참 자아를 찾는 것이었다. 아직도 많이 부족하지만 나는 한 걸음씩 나가고 있다고 생각한다. 독서 모임이 1년쯤 됐을 때 나는 내가 행복해지려면 좋아하는 것이 무엇이며 잘할 수 있는 게 뭔지 알아야겠다는 생각을 했고, 2년쯤에는 좋아하는 것을 찾았지만 어떤 식으로 표현하고 행동해야 할지 몰랐다. 3년에 접어들면서 나는 새로운 일에 도전했다.

이 모든 과정은 책을 함께 읽고 고민을 들어 주고 함께 눈물을 흘리면서 동감해 주셨던 책바침 선생님들이 내 곁에 있지 않았다면 꿈꾸지도 못했을 일이다. 지난 시간 나와 함께 해준 회원님들께 너무 감사드린다. 독서 모임을 하면서 생긴 좋은 습관은 경청의 자세와 역지사지의 정신이다. 상대방의 처지에서 생각해 보고 그다음 행동을 할 줄 아는 여유가 생겼다는 것이 엄청난 변화다.

독서 모임 때 우리는 "항상 목표를 가지고 열심히 노력하면 인생은 바뀐다.", "미라클 모닝을 하고 루틴을 지키며 꾸준히 필사하고 타인의 말에 귀 기울이고 느껴라", "꿈은 이루어진다.", "할 수 있다, 할 수 있다." 등 언제나 긍정적인 대화와 이야기를 한 달을 살아가게 하는 좋은 에너지로 담고 독서 모임이 끝나고 집으로 돌아가는 시간은 따뜻한 가슴으로 돌아간다.

나는 앞으로의 독서 모임을 기다리며 책을 읽고 느끼고 변화를 꿈꾸어 본다. 우리 책 · 바 · 침 모임의 크나큰 성공을 바라기보다는 무겁고 우울한 기분에 발걸음이 무겁게 왔다가 독서 모임 때 그 무거운 마음을 훌훌 털어 버리고 한번 생긋 웃을 수 있다면 나는 그걸로 참 좋을 것 같다.

"책·바·침 선생님들 우리 함께 멀리 걸어가요 파이팅!"

그리고 이 글을 읽고 있는 독자들의 삶도 책과 함께 걸어가길 소망해 본다.

"나는 한 권의 책을 책꽂이에서 뽑아 읽었다. 그리고 그 책을 꽂아 놓았다. 그러나 나는 이미 조금 전의 내가 아니다."

– 앙드레 지드

책 · 바 · 침 회장 이어은

독서를 통해 성장하고자 하는 모든 분들의 앞길에 힘찬 행복에너지가 깃들기를 소망합니다!

권선복 | 도서출판 행복에너지 대표이사

세계적으로 선진국의 반열에 오른 대한민국은 그 어느 때보다 물질적으로 풍족할 뿐 아니라 많은 분야에서 앞서 가는 모습을 보여 주고 있습니다. 하지만 그와 동시에 눈코 뜰 새 없이 빠르게 흘러가는 사회 속에서 어떻게든 살아남기 위해 버둥대는 사람들은 지치고 소진되어 자기 자신을 돌아볼 여유조차 갖기 어려운 상황입니다.

『책에 나를 바치다』는 독서 소모임 '책에 나를 바치다'(책·바·침)을 통해서 일상에 매몰되어 하루하루 그저 바쁘게만 살아 왔던 삶을 변화시키고 진정한 나를 되찾아 내면의 성장을 꿈꾸는 9명의 소중한 경험을 들려주고 있는 책입니다.

9명의 저자들은 각각 다른 환경에서 다른 경험을 하며 다른 삶을 살아 온 사람들입니다. 하지만 "같은 책을 읽었다는 것은 사람들 사이를 이어 주는 끈이다."는 미국의 시인 에머슨의 유명한 말처럼 같은 책을 읽고 이야기를 나누는 것은 자기 내면의 모든 것을 오롯이 풀어내어 타인과 소통할 수 있는 기회를 제공하고 반복되는 일상 속에 매몰된 '진짜 나'를 대면할 수 있도록 도와줍니다. 경청과 역지사지의 방법을 가르쳐 주고, 내면의 성장을 통해 새로운 삶을 꿈꿀 수 있도록 해줍니다.

'책에 나를 바치다', 약칭 '책·바·침'은 2018년에 학부모들의 '100일 동안 33권의 책 읽기 프로젝트'로 첫걸음을 뗀 독서 모임입니다. "항상 목표를 가지고 열심히 노력하면 인생은 바뀐다."라는 모토 아래 책을 읽고, 필사하고, 토론하고, 미라클 모닝과 긍정훈련 기법을 통해 내면의 잠재능력을 깨우고 서로에게 선한 영향력을 전파하기 위해 노력합니다.

반복되는 일상, 가족에게 헌신하지만 동시에 '나'를 잃어가는 느낌, 내면의 부정적 감정을 제어하기 어렵다는 고민, 모든 일에 대한 의욕 상실과 번아웃…. 어쩌면 많은 이들이 공유하고 있을 어려움을 희망으로 바꾸어 나가는 책·바·침의 발걸음처럼 독서를 통해 성장하고자 하는 모든 분들의 앞길에 힘찬 행복에너지가 함께하시기를 소망합니다.

함께 보면 좋은 책들

우리에겐 세계경영이 있습니다

대우세계경영연구회 엮음 | 값 22,000원

『우리에겐 세계경영이 있습니다』는 2012년 출간되었던 『대우는 왜?』의 후속작이다. 누구보다도 먼저, 멀리 나아가 미지의 해외시장을 개척한 과거 대우그룹 선구자들의 놀라운 일화들과 함께, 대우세계경영연구회가 중심이 되어 운영하는 '미래글로벌청년사업가 과정(GYBM)' 청년들의 성공담이 지금도 살아 숨 쉬는 '세계경영의 대우정신'을 보여준다.

메남 차오프라야

경시몬 지음 | 값 20,000원

『메남 차오프라야』는 태국의 민주화운동을 배경으로 전개되는 로맨스 소설이다. 한국과 태국, 서로 국적이 다른 두 사람의 기적적인 인연은 여러 어려움을 겪지만 민주화운동의 성공과 함께 결실을 맺게 된다. 경시몬 저자는 멀면서도 가까운 두 나라 한국과 태국의 역사적인 동질성과 이해에 더 많은 한국인들이 관심을 가져 주었으면 하는 마음으로 이 책을 집필하게 되었다고 밝혔다.

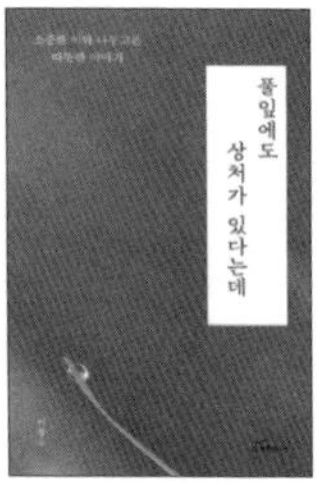

풀잎에도 상처가 있다는데

이창수 지음 | 값 15,000원

이 책 『풀잎에도 상처가 있다는데』는 평범한 일상 속에 존재하는 프레임을 깨는 지적 즐거움을 우리에게 제공해 주는 한편, 끊임없는 경쟁 속에서 지쳐버린 독자들에게 따뜻한 위로를 전달해 준다. 격렬한 경쟁 속에서 수시로 변화하는 이 세상 속 우리 역시 '나무'보다는 '풀잎'에 가까운 존재이기에 당연하게 인식되는 일상과 프레임을 벗어 던진 작가의 따뜻한 시선을 통해 위로받을 수 있을 것이다.

마흔, 인생 2막을 평생 현역으로 사는 법

김은형 지음 | 값 15,000원

현실로 다가온 백세 시대, 당신은 직장 다니면서 퇴직 후 평생 현역 생활을 위한 준비를 해야 한다. 이 책은 퇴직 후에도 평균 40여 년을 더 일해야 하는 현재의 마흔 직장인들이 평생 현역 생활을 위해 준비하는 법과 실천해야 할 원칙들을 제시한다. 이 책이 제시하는 내용을 숙지해 둔다면 당신의 평생 현역 생활을 준비하는 데 훌륭한 길잡이가 될 것이다.

세계 최고령 기업의 비밀

김정진 지음 | 값 15,000원

『세계 최고령 기업의 비밀』은 노년층을 위한 평생학습기관이자 사회적 기업인 '은빛둥지'의 실화를 기반으로 하고 있는 소설이다. '잘나가는 사업가'에서 'IMF 노숙자'를 거쳐 '할아버지 컴퓨터 선생님'으로 극적인 재기를 이룬 라정우 원장과 다양한 사연을 갖고 '은빛둥지'의 일원이 된 사람들의 감동적인 꿈과 열정, 갈등과 화합을 통해 이 시대의 노년층에게 진정으로 필요한 복지가 무엇인지 생각해 볼 수 있는 계기를 제공할 것이다.

인간관계가 답이다

홍석환 지음 | 값 16,000원

삼성그룹, GS칼텍스 인사기획팀, KT&G인재개발원장 등을 거치며 오랫동안 기업의 인재경영을 연구해 온 홍석환 저자는 '누구도 혼자서는 성공할 수 없다'는 말과 함께 스스로를 진정한 리더로 만들어 나가는 직장 내 인간관계의 비법을 제시한다. 이 책을 통해 독자들을 상사와 동료, 부하의 진심을 얻을 수 있는 직장생활의 전략을 이해하고 이를 기반으로 하여 직장 내에서 '진정한 성공'을 향해 나아갈 수 있을 것이다.

아름다운 눈

이세혁 지음 | 값 12,000원

이 책 『아름다운 눈』은 번잡한 사회 속에서 피상적인 감정으로만 살아가는 우리들을 위해 '사랑', '이별', '삶'을 소재로 하여 언뜻 평범해 보이지만 가슴을 울리는 이야기를 들려준다. 작가 자신의 체험의 형태를 빌어 현대인의 사랑과 이별, 삶과 생각의 형태를 가장 보편적인 언어로 담아낸 책으로서 많은 이들이 위안과 공감을 얻고, 자신의 삶을 뒤돌아볼 수 있는 마음의 여유를 가질 수 있을 것이다.

골프 영어(골프랑 영어랑 아빠가 캐디해 줄게!)

박환문 지음 | 값 25,000원

본 도서는 『골프 대디』 저자가 기획한 현지에서 쓸 수 있는 '쉽고 쏙쏙 들어오는 현지 영어'를 집약한 책이다. 작가는 글로벌 골프 꿈나무와 그들을 돕는 가족을 위해 현지에서 쓰지 않는 쓸모없는 표현은 과감하게 정리하는 한편 알아 두기만 하면 기본적인 의사소통에 문제없는 알짜배기 영어 문장을 책에 담았다. 골프 해외원정의 '가이드'라고 불러도 손색이 없을 것이다.

부부의 사계절

박경자 지음 | 값 17,000원

'결혼'에 대하여 생길 수 있는 모든 물음에 대한 솔직하면서도 깊은 사유를 담은 에세이이다. 결혼에 대해 답하는 저자의 글을 읽다 보면 결혼이란 단순히 두 남녀의 결합으로 볼 것이 아니라 한 인간의 완성을 향한 구도의 길을 걷게 하는 통과의례가 아닌가 하는 생각이 들게 될 것이다. 또한 결혼과 삶에 대한 진실한 이해를 바라며 한 줄 한 줄 써 내려간 글 속에서 인생과 사랑의 의미를 이해할 수도 있을 것이다.

열한 살의 난중일기

박원영 지음 | 값 15,000원

이 책의 놀라운 점은 박원영 저자가 11살이라는 어린 나이에 피난길에서 겪은 전쟁의 참상을 마치 눈앞에서 보는 듯 또렷하게 기술하고 있다는 것에 있다. 눈앞을 지나간 포탄의 경험과 잿더미가 된 삶의 터전, 언제든 죽을 수 있다는 공포, 그 속에서도 피어나는 가족에 대한 책임감. 저자는 자라나는 세대들이 이 책을 읽고 자유대한민국의 소중함을 가슴 깊이 간직한다면 그것이야말로 이 책의 집필 목적을 달성하는 셈이라고 이야기한다.

삶의 예술 아홉산 정원

김미희 · 장나무별 지음 | 값 25,000원

금정산 고당봉이 한눈에 보이는 아홉산 기슭에서 아홉 개의 작은 정원을 돌보며 지내는 김미희 저자의 경이로운 하루하루를 아름다운 사진과 함께 엮은 책이다. 언뜻 보기엔 평범해 보이지만 가만히 들여다보면 문장 하나하나에서 자연의 존귀함과 깊은 성찰이 느껴지며 공동저자인 장나무별 저자의 손에 잡힐 듯한 사진이 책의 매력을 더한다. 아홉산 정원 속 이야기에 귀 기울이고 있노라면 마음 한구석이 맑은 공기에 씻겨 내려가는 것을 느낄 것이다.

아직도 시를 배우지 못하였느냐?

김신영 지음 | 값 20,000원

대부분의 사람들은 흔히 '시'를 어려운 장르라고 지레짐작하며 두려워하곤 한다. 하지만 이 책을 통하여 김신영 교수는 대중들의 눈높이에서 보다 쉽게 시 창작과 시인으로서의 등단에 대한 이야기를 들려준다. 고대 그리스에서부터 전승되어 온 시의 기초부터 시작해서 보여주기 기법과 페미니즘 사조 등 현대 시 창작의 기반에 이르기까지, 다양한 명문(名文)과 함께 지금껏 잊고 살아온 지적인 호기심과 예술적 감수성을 일깨울 수 있을 것이다.

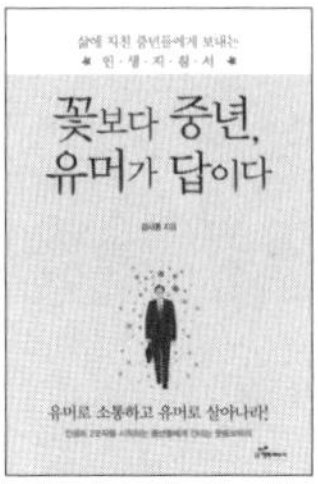

꽃보다 중년, 유머가 답이다

강사종 지음 | 값 15,000원

이 책『꽃보다 중년, 유머가 답이다』는 '낀 세대'로서 삼중고를 겪고 있는 중년세대에게 보내는 응원의 편지이자 삶의 지침서이다. 축 처진 중년들의 어깨를 두드리며 저자가 권하는 유머와 진심어린 공감의 위로를 듣다 보면 나도 모르게 웃음이 새어 나오고 어제의 근심을 잊어버릴 수 있을 것이다. 유머와 웃음이야말로 젊음의 비법이요, 삶에 활력을 불어넣는 윤활유 같은 존재이기 때문이다.

벼랑 끝 활주로

김순복 지음 | 값 16,000원

이 책은 치열한 의지와 각고의 노력을 통해 '벼랑 끝으로 가면 활주로가 있다'는 진리를 발견한 저자 김순복 강사의 솔직한 삶의 이야기다. 김순복 저자는 가족들의 잇따른 투병과 사투로 인생의 벼랑 끝에 내몰렸으나 그럴수록 한순간도 느슨해지지 않고 악다구니를 물고 세상에 도전장을 내밀었으며 승리를 쟁취했다. 불에 델 듯 뜨거운 열정이 느껴지는 저자의 이야기를 통해 독자들은 인생이라는 것의 참 의미를 배울 수 있을 것이다.

영어 손자병법(THE ART OF WAR)

이용재 지음 | 값 20,000원

『영어 손자병법』은 우리에게 이미 익숙한 고전인 손자의 손자병법을 영어로 번역하고 다시 한글로 옮겨 가치를 더한다. 번역을 통해서 한자와 영어의 의미를 더 명료하게 이해할 수 있고 한자와 영어실력을 높이는 데도 큰 도움이 된다.『영어 손자병법』을 통해 손자병법을 보다 쉽고 재미있게 접하는 한편 한 권의 책을 완전히 정통하는 전략적 사고와 함께 영어실력도 높일 수 있게 되기를 희망한다.

그래, 이것이 기독교다

김성도 목사 지음 | 값 20,000원

저자는 기독교 신자임에도 정확히 기독교가 어떤 종교인지 모르고 있는 교인이 많다고 말하며 이를 차근차근 기본부터 충실하게 가르쳐 주고 있다. 이는 기독교인들이 자신의 종교를 명확히 알고 그 정체성을 찾아 참된 기독교적 삶을 살며 기독교적 목적을 이 땅에 실현하는 역군이 되기를 희망하는 목적이라고 할 것이다. 이 책을 통해 독자들은 기독교의 본질은 무엇인지, 기독교인으로서 어떤 마음가짐을 가져야 하는지 충분히 알게 될 것이다.

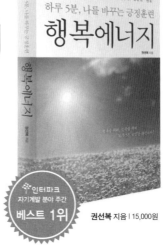

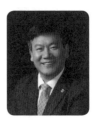